Max Kruse

Don Blech und der silberne Regen

OMNIBUS

DER AUTOR

Foto: © privat

Max Kruse, 1921 geboren, begann sein Studium in Jena, das er jedoch wegen des Zweiten Weltkrieges nicht beenden konnte. Nach dem Krieg baute er die Puppenwerkstätte seiner Mutter Käthe Kruse wieder auf. Seit 1958 widmet er sich jedoch ganz seiner eigentlichen Berufung, dem Schreiben.
Bekannt wurde er vor allem durch seine Kinderbücher, besonders durch die Geschichten von Urmel, die für das Fernsehen verfilmt und in zahlreiche Sprachen übersetzt wurden. Max Kruse ist Mitglied des PEN und Träger des Bundesverdienstkreuzes. Einige seiner Bücher standen auf der Auswahlliste zum Deutschen Jugendliteraturpreis. Für sein Gesamtwerk wurde er 1999 mit dem Literaturpreis des Bundes Deutscher Schriftsteller ausgezeichnet.
Max Kruse lebt bei München und ist mit der chinesischen Musikerin und Malerin Shaofang verheiratet.

Von Max Kruse ist bei OMNIBUS erschienen:

Der Löwe ist los (26051)
Kommt ein Löwe geflogen (26052)
Gut gebrüllt, Löwe (26048)
Löwe gut – alles gut (26049)
Der dicke Löwe kommt zuletzt (26050)
Don Blech und der goldene Junker (26028)
Don Blech und der glutrote Vogel (26029)

Max Kruse

Don Blech und der silberne Regen

Illustrationen von
Horst Lemke

THIENEMANN TASCHENBUCH

THIENEMANN TASCHENBUCH BEI OMNIBUS
Band 26067

Umwelthinweis:
Dieses Buch wurde auf chlorfrei gebleichtem Papier gedruckt.

Erstmals als Thienemann Taschenbuch
bei OMNIBUS Juli 2000
OMNIBUS ist der Taschenbuchverlag
für Kinder und Jugendliche von Bertelsmann
Gesetzt nach den Regeln der Rechtschreibreform

Innenillustrationen: Horst Lemke
Umschlagbild: Sophie Schmid
Umschlagkonzeption: Klaus Renner
bm · Herstellung: Stefan Hansen
Satz: Uhl + Massopust, Aalen
Druck: Presse-Druck Augsburg
ISBN 3-570-26067-4
Printed in Germany

10 9 8 7 6 5 4 3 2 1

OMNIBUS

Freude und Besorgnis

Es begann mit Regen. In silbernen Streifen rauschte er vom Himmel. Er überschüttete die melonenförmigen Häuser der Stadt Gurkonia; prasselte auf die Krumme Gurke, den Glockenturm und pladderte ins Meer.

Aber er vermochte die allgemeine Freude nicht zu trüben. Man versammelte sich einfach unter dem schützenden Dach des Andachtstempels.

Und König Gurkigel strahlte. Der glutrote Vogel war besiegt, entzaubert und heimgekehrt ins Reich seiner Väter. Dort würde er von nun an seine Tage als Paradiesvogel friedlich verbringen. Die Gurkonier-Kinder waren glücklich wieder bei ihren Eltern.

Das war wohl ein Grund, zu lachen und die Götter zu preisen. Und doch: Der dies alles vollbracht hatte – er vermochte nicht so recht froh zu werden. Don Blech schaute betreten in die leuchtenden Augen ringsum: Da war der friedfertige Stier Schmuser, der genussvoll eine saftige Gurke kaute …

Da war der prächtige Vogel Tura, der auf einer Säule saß …

Da war der treue Hadnik, der von allen immer wieder bestürmt wurde, die Luft anzuhalten und in die Höhe zu fliege-hüpfen – zu fliepfen, wie man es nannte und wie nur er es konnte ...

Da war das naschhafte Seeungeheuer Nassi, das so versessen auf Süßigkeiten war und es sich im Wassermelonensee gemütlich gemacht hatte ...

Da war Paprikel, der Berater des Königs, erfindungsreich und scharfsinnig wie immer ...

Und da war nicht zuletzt Don Blechs blonder Sohn Donito, der so schön auf der Trompete zu blasen verstand ...

Aber einer fehlte! Einer, um dessentwillen Don Blech ausgezogen war aus seiner Heimat Nekaragien; einer, den er auf der Didnikinsel besiegt und nun auf dem Vogelhorst im Meer vergessen hatte: der goldene Junker, das Standbild, das er selbst – Don Blech – aus seiner alten Generals- und Blechbüchsenrüstung zusammengebastelt hatte. Inwendig war es hohl, das Standbild, hohl und doch voll Bosheit.

Das Pferd des goldenen Junkers, die ebenfalls hohle Scheppertonne, war zwar auch nicht hier, aber das beunruhigte Don Blech nicht, denn es lag wohlgesichert und unlebendig, Kopf und Körper getrennt, im Gukürmel-Lagerhaus, zwischen Gurken, Kürbissen und Melonen. Junker Hohlkopf jedoch war vermutlich sehr lebendig, so wie ihn der glutrote Vogel geraubt und auf seinen Vogelhorst verschleppt hatte.

Don Blech sprach seine Befürchtungen aus. Aber Nassi,

im Wassermelonensee und mit triefenden Haaren, meinte: »Lass ihn ruhig auf dem wilden Felsen vergammeln. Allein kann er von dort ja nicht fort. Er ist eingesperrt und die Tür ist verschlossen. Jahrhunderte werden vergehen, ohne dass ihn die Welt wieder zu Gesicht bekommt.«

Der Hadnik war anderer Ansicht. Er sagte: »Wir müssen ihn vom Felsen holen und auseinander nehmen. Erst dann können wir ruhig schlafen und brauchen nicht zu befürchten, dass er unverhofft irgendwo auftaucht, um Unheil anzurichten.«

»O ja!«, rief auch der scharfsinnige Paprikel. »Wie aber, wenn Junker Hohlkopf den Vogelhorst schon wieder verlassen hat? Er ist so gefährlich! Meine Haut schnurrt zusammen, wenn ich an ihn denke. – Ist es denn möglich, frage ich, dass der Felsen im Meer für immer unentdeckt bleibt? Nein, ein Ahnungsloser wird kommen und Junker Hohlkopf befreien – und dieser wird seinen Retter töten und erneut ausziehen, um sich die Erde zu unterwerfen.«

»Mir wird übel!«, flüsterte König Gurkigel und wollte fortgehen, um sich auf sein Schloss und auf sein Sofa zurückzuziehen.

»Wir müssen den Junker holen«, entschied Don Blech.

»Ich bin dabei!«, sagte Paprikel.

Noch einmal drehte sich König Gurkigel um, ehe er den Andachtstempel verließ. Er rief Don Blech zu: »Komm zu mir ins Schloss. Du darfst mein Gast sein. Wir wollen viele saftige, gedünstete Gurkenfrüchte essen. Es gibt so viele gute Rezepte!«

»Später«, antwortete Don Blech. Und Donito stupste

ihn sanft: »Nicht später ! Denk an Knofus Knofonius, den guten Freund, der dir den Haushalt führt. Er ist der beste Koch der Welt und wird schmale Wangen bekommen, wenn wir nicht bald heimkehren und er wieder für uns brutzeln kann. Seine Suppentöpfe sind die allerfeinsten. Fangen wir also den goldenen Junker und fahren wir nach Hause.«

Das gab den Ausschlag.

Und als das Wetter sich besserte, die grauen Wolken zerrissen, segelte Don Blech mit seiner Mannschaft davon, zum Felsenriff im Meer, zum Vogelhorst.

Aber – um es gleich zu sagen: Er hatte keinen Erfolg. Leer und verwüstet fand er den Vogelhorst vor. Es sah aus, als hätte ein Erdbeben gewütet. Die ohnehin schon zerfallenen Mauern waren noch weiter geborsten, Gänge und Tunnel nicht mehr zu finden.

»Das ist der Beginn einer Zerstörung, die andauern wird, bis der Felsen vom Meer verschlungen ist«, sagte Don Blech. »Der Vogel ist erlöst, sein Horst wird nicht mehr gebraucht, das ist der Grund ...«

»Ja, aber der goldene Junker?«

»Wir sind zu spät gekommen«, stellte Don Blech enttäuscht fest. »Er ist auf und davon. Wer weiß, wo er schon wieder Städte niederbrennt, Bauern beraubt, Bürger ermordet ... auf, auf, wir müssen ihn suchen! Zurück nach Gurkonien, Scheppertonne wollen wir wenigstens zu uns nehmen, damit er sie uns nicht raubt. Ohne Pferd ist er nur halb so beweglich. Das ist unser Vorteil.«

Sie kehrten nach Gurkonien zurück.

Ein Aufbruch

Was war auf dem Vogelhorst geschehen?

Damals, bald nachdem Don Blech die Gurkonier-Kinder befreit hatte, bebte die Erde, Steine prasselten von den Mauern, der Turm stürzte ein, Türen wurden aus den Angeln gehoben.

»Hoho –«, rief Junker Hohlkopf in seinem Verlies, »das ist alles besser als die tödliche Ruhe.« Er schwankte, weil der Boden unter ihm schwankte. Ein Sturm tobte.

Die Gefängnistür stand offen. Junker Hohlkopf torkelte hinaus, durch den Gang. Überall war es menschenleer. »Warte nur«, murmelte Junker Hohlkopf, »du sollst meiner Schwertspitze nicht entkommen.« Und er meinte Don Blech damit, den er nirgends fand. Er suchte einen Abstieg vom Felsen. Er fand die Treppe und tappte hinab.

Unten donnerten die Wellen. Wie sollte er von hier wegkommen? Die Wolken hingen so tief, sie umhüllten ihn wie Watte. Plötzlich aber blinkte ein Sonnenstrahl. Da sah er: Im Wasser schaukelte ein großes Gebilde aus Holz. Es war das Tor, das einmal die Gurkonier-Kinder gefangen gehalten hatte. Jetzt hatte es der Sturm herabgeschleudert, von hoch oben ins Meer.

Junker Hohlkopf erfasste sein Glück, er sprang hinauf, saß auf dem Floß, stieß sich mit dem Schwert ab, schützte sich mit dem Schild vor den Wasserspritzern. Und der Wind packte das Gefährt, drehte es, trudelte es, trieb es dahin, wellauf und wellab. Junker Hohlkopf musste sich

auf den Bauch niederwerfen, damit er nicht herabgespült wurde.

Und so auf der stürmischen See, halb schiffbrüchig und halb gerettet, trieb er einem neuen Ziele zu. Die Lust kam ihn an zu singen, ein böses, ein grausames Lied! Gröhlend erhob er seine Stimme:

»Ich will morden, brennen, töten,
grell soll sich der Himmel röten
und ich finde nichts dabei.
Durch die Länder will ich reiten,
Angst und Schrecken zu verbreiten:
›Junker Hohlkopf!‹ – gellt der Schrei.

Ja, so liebe ich das Leben,
wenn die Menschen vor mir beben,
auch Don Blech ist bald dabei.
Keine Gnade mit den Armen
kenne ich und kein Erbarmen:
›Junker Hohlkopf!‹ – gellt der Schrei.«

Ein neues Land

Wattelland war eine Insel, ringsum von Wasser umgeben. Und daher hatten die Wattels, die putzigen Bürger des kleinen Staates, auch keine Feinde – jedenfalls keine lebendigen.

Das war gut, denn die Wattels waren äußerst weich: von Körper, Gemüt und Seele. Von Verstand auch – der war nicht sehr entwickelt.

Sie lebten in der blühenden, üppigen Landschaft ihrer Insel fast so unbeschwert wie Blumen unter Blumen: paradiesisch.

Von uns Menschen unterschieden sie sich sehr durch

ihr Aussehen. Sie glichen nämlich wandelnden Wattebällchen. Ihr Körper war sehr dünn, aber ihre Haut – oder soll man sie Fell nennen? – ihre Haut aus lauter Watte war dick, weich und wollig – baumwollig. Manche Wattels waren niedrig und rund, sie hatten kaum Arme und Beine und nur ganz winzige Köpfe. Andere sahen aus, als seien sie aus vielen Wattebäuschen zusammengesetzt. Wattekugel auf Wattekugel. Und manche kamen wie Nebelwolken dahergeschwankt. Manchmal auch geschwebt.

Kleider trugen sie nicht. Das war auch nicht nötig. Ihr Watteflausch war bunt gefärbt, bläulich, grünlich, gelblich – in allen Regenbogenfarben. Das sah sehr kleidsam aus. Darüber hinaus war es in Wattelland sehr warm.

Sie hatten nur eine Stadt, die hieß Wattelstadt. Sie lag einige hundert Meter vom Meer entfernt, dazwischen gab es Wald und Wiesen, durch die sich der Dschungelpfad schlängelte.

Die Häuser in Wattelstadt waren eigentlich Zelte, verschieden groß und sehr phantasievoll geformt. Dächer und Wände bestanden aus gelb-grüner Leinwand. Leider verstanden es die Wattels nicht, sie ganz wasserdicht zu machen, und das war ihr großer Kummer. Sehr hübsch war es aber, dass fast jedes Haus, auch das kleinste, noch eine Zeltstube wie ein Vogelnest über dem Wohnzelt hatte. Man nannte sie das Oberstübchen. Sie hing meist – ähnlich einer Hängematte – zwischen einem Gestänge aus dünnen Latten. Hühnerleitern oder Strickleitern führten hinauf. Aber die Wattels benutzten diese Leitern fast nie – sie schwebten empor.

Ja, sie schwebten. Das war nämlich ihre Eigenart: Wenn sie sehr, sehr glücklich waren, dann erhoben sie sich leicht vom Boden, so ungefähr vier bis fünf Meter hoch. Höher nie. Sie schwebten vor Glück – schwebten wie die Wolken. Und so erreichten sie ihre Oberstübchen natürlich sehr leicht. Und daher nannten sie diese auch manchmal ihre Glückszimmer.

Ein besonders großes Haus gab es in Wattelstadt, mit zahlreichen verschieden hohen Zeltgiebeln. Auch die Zeltwände waren verschiedenfarbig – und es hatte zwei

Oberstübchen. Eines für die Wattemutter und eines für ihre Tochter Watteia. Dieses Haus nannte man den Wattepalast, es stand auf einem Hügel, eine lange Treppe führte empor bis zum Portal, das aussah wie ein Theatervorhang.

Hier regierte die Wattemutter ihr treues Volk. Sie war also das, was man eine Königin nennen könnte – aber eigentlich war sie mehr so eine Art Haushaltsvorstand. Deshalb hieß sie eben auch Wattemutter.

Die Wattemutter war freundlich, lieb und sehr dick. Es fiel ihr oft schwer, die richtigen Maßnahmen zu erkennen, und noch mehr, sie durchzusetzen.

Watteia, ihre Tochter, war ganz ihrer würdig: weich, bollig, kugelig, zart – zum Davonpusten süß.

Jeder liebte sie. Wattemutter vor allem. Aber noch mehr vielleicht, oder jedenfalls auf andere, heftigere Weise, Klein-Wattoneon. Obwohl der nette Kerl nur der städtische Fädcheneinsammler und Fusselaufklauber war. War da nicht seine Liebe hoffnungslos? Außerdem hatte ihn ja Watteia noch nicht einmal gesehen … Nein, sie erblickte ihn nie, wenn er ihre Fusseln auf der Straße aufklaubte und sie zärtlich an sein Herz drückte, anstatt sie in die Müllfusselkarre zu kehren.

In Wattelland schien fast immer die Sonne. Wenn es allerdings einmal regnete, war das ganz schlimm. Es war fürchterlichst! Die Wattels vertrugen keinen Regentropfen: Sofort klatschte ihr Watteflausch zusammen – er verwandelte sich in eine hässliche, quatschnasse, herunterhängende Masse. Das Wasser floss heraus, wenn man nur mit dem Finger daran stippte. Und die Wattels bibberten vor Kälte. Auch konnten sie nicht glückselig schweben, wenn sie nass waren.

Das Trocknen dauerte manchmal viele Stunden und man war nie sicher, ob die ursprüngliche, hübsche, lockere Körperform sich wieder einstellte. In schlimmen Fällen blieb ein verwüstetes Gewirr kleiner Fäden übrig, eine Art verfilzter Lappen.

Das durfte nicht so bleiben – und das konnte auch nicht mit rechten Dingen zugehen. Wattemutter steigerte sich immer mehr in den Gedanken hinein, dass es ihre Pflicht sei, das zu ändern. Sie kam zu der Überzeugung, der Regen sei ein persönlicher, lebendiger Feind ihres Völkchens. Eine Art Geist, ein silbergrauer Riese. Ein Regendrache, der manchmal donnerte und grollte, und der – wenn's ganz schlimm wurde – feurige Blitze spuckte.

Lange, lange sann sie auf Abhilfe. Nächtelang wogte sie im Wattepalast auf und ab, sodass die Wände schwankten. Wie war der grimmige Feind zu besiegen? Welcher kühne Ritter, welcher Jung-Siegfried eilte ihr zu Hilfe, um ihr das Ungeheuer zu Füßen zu legen – als plätscherndes Bächlein?

Einen General Wattel hatte sie nicht und eine Armee noch weniger. Sie brauchte ja sonst keine Soldaten, die Glückliche.

Plötzlich, bei Dunkelheit, genau um Mitternacht, kam ihr die erleuchtende Idee: Sie musste jemand anderen für sich kämpfen lassen. Aber wen? Und weshalb? Nur so? Oder sollte sie sich ihm dafür zum Weibe versprechen? Nein, dazu war sie wohl schon zu alt …

Watteia! Was war mit Watteia? In allen Märchen sind die Königstöchter der Preis, der dem tapferen Helden winkt. Mögen die Töchter nun wollen oder nicht. Es war einfach so. Und bei ihr würde es auch so sein.

Sie ließ den Obereinpuderer kommen – er war bei ihr Minister und Schreiber und Mädchen für alles – und diktierte ihm folgenden Anschlag:

> Wo ist der Held, der den Regen besiegt?
> Gelingt ihm das, soll er Watteia heiraten
> und Wattelland regieren.
> Das gelobe ich feierlich.
> Wattemutter

Des Obereinpuderers Augen leuchteten. Daran sah Wattemutter, dass sie einen guten Gedanken gehabt hatte.

Ein Held

Am übernächsten Morgen, in aller Frühe, waren die Plakatankleber ausgeschwärmt und hatten die Bekanntmachung an jeder Stelle angebracht, wo sie gerade Platz dafür fanden.

Als die Sonne heraufstieg, klebten die Plakate. In den Straßen der Innenstadt – und sogar weit, weit draußen am Meer. Da hatten die Plakatankleber die Anschläge sogar mehrfach an- und übereinander befestigt, und zwar auf einer Bretterwand, auf der schon lange etwas zu lesen war, nämlich ganz oben. Da stand:

> Sie betreten hier das Ufer von Wattelland.
> Bitte nicht spucken.
> Jedes Verspritzen von Wasser ist untersagt.
> Bitte!

Der Plakatanklebemeister hatte die Wahl dieses Platzes damit begründet, dass in Wattelland ja doch kein Held wäre, der den Regen besiegen könne. Also musste man dafür sorgen, dass die Botschaft überall in der Welt gehört würde. Vielleicht käme ein fremder Held vorbei ...

Der Plakatanklebemeister irrte sich aber. Es gab in Wattelland so einen Helden. Der wusste es nur selber auch noch nicht.

Gerade heute hatte Klein-Watteneon sehr heftig von der reizenden Watteia geträumt. Ach, es war alles ganz hoffnungslos! Als er aufstand, fasste er einen Entschluss: Er wollte das städtische Fädcheneinsammeln aufgeben. Er wollte das Land verlassen und Watteia vergessen. Irgendwo würde er vielleicht sein Glück machen und sei es auch nur als Puderquaste – in fernen, fernen Ländern.

Er glättete seine Wattefädchen sorgfältig und puderte sich gründlich. Ein Wattel konnte sich niemals waschen!

Nach dem Obstfrühstück verließ er sein Hüttenzelt. Er schulterte sein Werkzeug, die Fusselaufklaubegabel und die Fädcheneinsammelzange. Die Müllfusselkarre schob er in eine Ecke.

So leb denn wohl, du liebes Haus, dachte er – und es wollte ihm das Watteknäuelherz zersprengen.

Da stieß er mit der runden Nase fast an die Bekanntmachung. Sie klebte am Gartenzaun. Hoffentlich ist es nichts Unangenehmes, dachte er, etwa ein Auswanderungsverbot – gerade jetzt! Aber als er den Text gelesen hatte: »Wo ist der Held, der den Regen besiegt? Gelingt ihm dies, soll er Watteia heiraten und Wattelland regieren, das gelobe ich feierlich. Wattemutter.« Da dachte er: Das ist doch die Höhe! Das kann man ja gar nicht, den Regen besiegen. Dann las er noch einmal: »Gelingt ihm dies, soll er Watteia heiraten«, und da dachte er, ich will mich doch sofort in tausend Fäserchen auflösen. Und plötzlich durchzuckte es ihn: Warum soll ein anderer Watteia heiraten? Ich, ich werde der Held sein … Wenigstens kann ich es ja versuchen. Besser, als in der Fremde Puderquaste zu werden, ist es jedenfalls.

Er schulterte also sein Werkzeug noch entschlossener und machte sich auf den Weg. Er wanderte durch die Straßen mit den Zelthäusern und unter den Oberstübchen hindurch. Er kam auch am Festzelt in der Stadtmitte vorbei.

Wattemutter schlief noch in ihrer Bettdose. Sie lag wollig eingekuschelt und schlummerte behaglich. Die winzigen Faserspitzen zitterten fein vor sich hin.

Sie war äußerst ungnädig, als die Torglocke neben dem Vorhangportal heftig geläutet wurde und der Obereinpuderer sie weckte.

»Kann man mich denn nie schlafen lassen?«, brummte sie wattig.

»Man kann es nicht«, sagte der Obereinpuderer sanft, »denn vor dem Tor steht der städtische Fusselaufklauber und möchte ein Held sein.«

»Was geht mich das an?«, fragte Wattemutter.

»Er will den Regen besiegen und Watteia heiraten.«

Jetzt war Wattemutter munter. Sie fragte: »Wie heißt der Held?«

»Klein-Wattoneon.«

»Sehr heldisch klingt das gerade nicht.«

»Nach dem Sieg wird man ihn Groß-Wattoneon nennen.«

»Führe ihn herein!«

»Ins Dosenschlafzimmer?« Der Obereinpuderer war peinlich berührt.

»Nein, in den großen Salon!«

»Da wartet er bereits.«

Ja, da wartete Klein-Wattoneon mit geschultertem Werkzeug und besah die Gemälde der Watte-Großmütter, Watte-Urgroßmütter und Watte-Ururgroßmütter.

Schlechte Aussichten

Bevor Wattemutter in den großen Salon rauschen konnte, musste der Obereinpuderer seines Amtes walten. Etwas verschlafen begab sie sich in das neben dem Dosenschlafraum gelegene Puderzimmer. Die Wattels – wie gesagt – wuschen sich niemals, nicht mit Seife und schon gar

nicht mit Wasser: Schrecklicher Gedanke! Sie puderten sich.

Im Puderzimmer standen auf zierlichen Regalen aufgereiht an die hundert Puderdosen mit verschiedenfarbigem Puder. Wattemutter ließ sich auf einem Hocker vor dem ovalen Spiegel mit dem Rahmen aus geflochtenen Baumwollfasern nieder. Und der Obereinpuderer überstäubte ihre Fäserchen an den Wangen, an Hals und Nacken mit rotem, gelbem und grünem Puder, ganz wie es ihm heute in den Sinn kam. Eine große, farbig schimmernde Puderstaubwolke entstand um Wattemutter, aus der sie endlich, nach beendeter Toilette, herausrauschte, um Klein-Wattoneon im großen Salon zu empfangen.

Klein-Wattoneon machte eine Verbeugung. Das Werkzeug kobolzte ihm über die Schulter. Es krachte und Wattemutter zuckte zusammen. Vielleicht war der Wattezwerg doch viel heldenhafter, als er aussah?

Er sagte mutig: »Ich will den Regen besiegen und Watteia heiraten.« Und dann sammelte er sein Werkzeug wieder auf und präsentierte es.

Wattemutter sah ihn mitleidig an: »Du hast mein Wort.«

Klein-Wattoneon straffte sich. Er zitterte. Und sein Werkzeug klapperte aneinander. Er fragte: »Würde Watteia mir auch ihr Wort geben?«

»Sie muss tun, was ich will.«

»Nein!«, entfuhr es da Klein-Wattoneon. »Ich will sie nur, wenn sie mich gern hat.«

»Watterlawatt!«, rief Wattemutter. »Aber meinetwegen, frag sie selber!« Die arme Wattemutter – sie hatte bisher vergessen, Watteia von ihren Plänen zu unterrichten.

Das war wohl ein Fehler.

Denn Watteia war nicht erfreut, als ihr der Obereinpuderer nun in ihrem Dosenschlafzimmer den sauberen Handel auseinander setzte. Wütend segelte sie – federleicht, blau schimmernd und ungepudert – in den großen Salon. Und da wartete Klein-Wattoneon, das Werkzeug in den Händen, wie eine Schildwache.

»Ach, du kümmerlicher Wattezwerg!«, säuselte sie herablassend. »Du willst mich heiraten? – Ich werde überhaupt keinen Wattel heiraten. Ich will nicht mein ganzes Leben von Fusseln umgeben sein. Ich träume von einem prächtigen eisernen Ritter … keine weiche Stelle darf er haben!«

Klein-Wattoneon hatte noch nie eine hohe Meinung von sich gehabt. Er verstand sie sofort. Er drehte sich um und verließ den großen Salon und den Wattepalast mit geschultertem Werkzeug, ohne ein Wort zu antworten. Dazu war er zu stolz.

Wattemutter zog sich ruhebedürftig in die Bettdose zurück. Aber das Töchterchen ließ ihr keine Ruhe. Watteia machte der Mama eine Szene. Sie rief: »Ich suche mir meinen Mann selber aus und lasse mich nicht an jeden verschaukeln …«

Da wurde Wattemutter ihrerseits wütend und reckte den zornroten Kopf aus der Dose und fauchte: »Es muss sein, Wort ist Wort und das Wohl der Allgemeinheit steht über kleinlicher Selbstsucht!«

»Dann gehe ich ins Wasser oder außer Landes«, sagte Watteia.

Wattemutter seufzte. »Warte damit wenigstens noch, bis wir wissen, ob es ihm überhaupt gelingt, den Regen zu schlagen!«

Da war der Frieden zunächst wiederhergestellt zwischen Mutter und Tochter.

Was Klein-Wattoneon anbetrifft, so war er nicht nur tapfer, sondern auch hochanständig. Während er die steile Treppe des Wattepalastes herabschritt, dachte er schon nicht mehr daran, Watteia zu heiraten. Nie! – Wenn sie ihn nicht wollte! Er würde aber trotzdem gegen den Regen kämpfen. Vielleicht starb er dann wenigstens heldenhaft. Würde er ihn aber besiegen, dann könnte er vor Watteia hintreten und großmütig sagen: »Ich gebe dich frei! Suche dir deinen allseits stahlharten Ritter und werde sehr glücklich mit ihm …« Ach, dieser Gedanke machte ihn zutiefst traurig, er musste trocken schluchzen (richtige Tränen weinten die Wattels nicht!) Ja, und dann würde er davonschreiten und sich in der letzten, übrig gebliebenen Pfütze des Landes aufweichen. Aus – tot! Vielleicht bekam er ein Staatsbegräbnis.

Ein schwerer Kampf

Die Kunde von Klein-Wattoneons tollkühnem Vorhaben verbreitete sich rasch in Wattelstadt. Die Vögel pfiffen es von den Bäumen.

Die Bürger standen in den Gassen, um den großen Platz am Festzelt, in ihren Türeinschlüpfen – oder sie lehnten aus den Fensterlöchern.

Manche – die aus irgendeinem Grunde sehr glücklich waren – lagen auch auf dem Rücken in der Luft und blickten auf ihn herab. Und andere taten dies aus den Oberstübchen, in die sie schon früh hinaufgeschwebt oder geklettert waren.

An den Himmel schaute keiner. Bis plötzlich ein Kind

ausrief: »Regen, Regen! Wolken... da... da...« Klein-Wattoneon stolperte fast die letzte Stufe hinab. Dann blieb er stehen und schaute empor: Da ragte eine riesengroße Wattefaust in die Höhe und wuchs rasch. Sie stieg höher auf, wurde lang wie ein Arm, dessen Muskeln anschwollen. Dann spreizten sich langsam die Finger – und da erschien ein Kopf – da blähte sich eine Brust – und was zunächst weiß gewesen war, färbte sich nun drohend dunkel.

Und auch die Sonne verdunkelte sich: Der Regenriese kam.

Schnell, sehr schnell flüchteten die Wattels in ihre Zelthäuser. Von dort aus lugten sie neugierig auf den Platz, wo Klein-Wattoneon winzig und verlassen stand.

Am liebsten hätte er Reißaus genommen.

Nun rührte sich der Wind. Äste rauschten, Holz knarrte und Klein-Wattoneon fröstelte. Da glaubte er die spöttischen Worte Watteias noch einmal zu hören. Und er packte sein Werkzeug fester, warf einen verzweiflungsvollen Blick zurück zum Wattepalast und schritt entschlossen aus der Stadt.

Vor Wattelstadt wölbte sich ein einziger Hügel. Den bestieg er. Hier wuchs kein Baum, kein Strauch, nur niedriges Gras. Er reckte sich auf. Groß wurde er nicht dadurch. Er erhob sich auf die Zehenspitzen. Er blies seine Brust und Backen auf: Leb wohl, Watteia, du siehst mich niemals wieder!

Dann stimmte er einen Kampfgesang an, den er sich gerade ausgedacht hatte:

»Ich, Klein-Wattoneon und kein Zwerg,
bin größer als ein hoher Berg,
bin größer als die Riesen
und ich bezwing mit einer Hand
den Regen überm Heimatland
und muss nicht einmal niesen!«

Was dann geschah, vermochte er später nicht mehr zu erklären. Es geschah viel mehr mit ihm, als er so rasch begreifen konnte. Aber zwei alte Wattels, die seinen heldenhaften Kampf durch Ferngläser beobachteten, machten sich gegenseitig auf alles aufmerksam:

»Siehst du, wie er mit der Fädcheneinsammelzange in der Luft herumzippt?«

»Er fängt wohl Mücken?«

»Unsinn, er fängt Regentropfen!«

»Wahrhaftig: Zick! – zick! – zick! Jetzt hat er wohl einen?«

»Pfui Nässe! Regentropfen, Regentropfen, der arme Kerl, es kommen ja immer mehr!«

»Ja, jetzt reißt er auch die Fusseleinsammelschaufel von der Schulter und hält sie sich über den Kopf.«

»Das nützt ihm aber nichts, die Tropfen pladdern …«

»Und Klein-Wattoneon hüpft und springt, zappelt hierhin und dorthin, fuchtelt mit den Armen, mit den Werkzeugen …«

»Da, wird etwa der Himmel schon heller?«

»Ach nein, der Regen regnet immer schneller!«

»Was heißt da noch Regen, es rauscht …«

»Es rauscht nicht, es fließt ...«
»Es fließt nicht, es sprudelt ...«
»Klein-Wattoneon ist verloren. Ganz zusammenge-

quatscht ist er schon, kaum noch ein Strich … er kann sich nicht mehr halten …«

»Er läuft, er rennt, rette dich, rette dich!«

»Wohin soll er sich denn retten, davongespült wird er …«

Ja, der Himmel öffnete alle Schleusen. Lange hatte es schon nicht mehr so geschüttet. Klein-Wattoneon war längst durchnässt. Wohin konnte er fliehen, ehe er sich ganz auflöste?

Das Wasser nahm ihm jede Entscheidung ab. Viele kleine Bäche gurgelten den Hügel hinunter. Einer riss Klein-Wattoneon mit sich. Er floss dahin, drehte sich um die eigene Achse, wirbelte im Strudel, schoss um Gestein, wurde um Äste gelegt und wieder abgewickelt. Es quirlte, rieselte, plätscherte, stürzte, strömte …

Dann hörte es auf zu regnen.

Doch die Ströme rannen durch die Stadt der Wattels. Die Zeltleinwände waren durchnässt. Es tropfte in die Bettdosen, auf die Wattebäusche, drang durch die Fäserchen, war kalt, eisekalt. Die Wattels bibberten und zogen sich in die einigermaßen trockenen Ecken zurück, wo sie sich zusammenkauerten, um sich gegenseitig zu wärmen.

Niemand mochte die schlammige Flut sehen, die sich durch die Straßen wälzte. Und niemand sah deshalb darin, zwischen Gras und Holzstückchen, die aufgelöste Blüte, den zerfaserten Helden.

An den untersten Stufen der Treppe blieb er liegen. Watteia lugte durch den Torvorhang des Wattepalastes. Wo war nun der Besieger des Regens? Sie sah ihn, lächelte halb spöttisch, halb mitleidig und sagte zum Obereinpuderer: »Häng ihn auf die Trockenleine!«

Und das tat der Obereinpuderer mit spitzen Fingern und abgewendetem Gesicht.

Ein Entschluss

Junker Hohlkopf trieb auf dem Meer. Er lag auf der morschen Türfüllung. Er wurde auf und ab geschaukelt. Ringsum war alles grau. Graues Wasser, grauer Himmel. Oder schwarze Nacht.

So trieb Junker Hohlkopf – und so trieb es ihn. Er wusste nicht, wohin.

Ein Tag nach dem anderen verging. Und eine Nacht nach der anderen. Er zählte sie nicht mehr. Er hoffte nur, dass er irgendwann an Land geschwemmt würde, gleichgültig wo. Und es kränkte ihn, dort ohne sein Pferd zu erscheinen. Zu Fuß, mit seinem Stelzgang, war er nur halb so prächtig und mächtig. Aber er war fest entschlossen, dafür zu sorgen, dass er Scheppertonne wieder zwischen seine Blechschenkel kriegte, so wahr er Junker Hohlkopf hieß und wenn tausend Köpfe rollen sollten.

Noch einmal stimmte er sein Lied an:

»Ich will morden, brennen, töten,
grell soll sich der Himmel röten
und ich finde nichts dabei.

Durch die Länder will ich reiten,
Angst und Schrecken zu verbreiten:
›Junker Hohlkopf!‹ – gellt der Schrei!«

Nach Wochen erblickte er Land am Horizont. Doch noch Stunden vergingen, bis sein Floß ans Ufer stieß. Das Schwert fest in der Faust, den Schild vor der Brust, so machte er sich daran, die üppige Wildnis zu erobern. Sein Türfloß ließ er einfach im Schilf liegen. Zuerst sah er sich um. Hier in der stillen Bucht wuchsen Palmen und viele Arten von Bäumen mit saftigen Früchten. Weiter entfernt

standen tausende von Baumwollpflanzen, aus deren kapselartigen Früchten die Samenhaare hervorquollen.

Er entdeckte eine morsche Bretterwand. Sie war mit Plakaten beklebt. Oben drüber stand die sinnreiche Nachricht: »Sie betreten hier das Ufer von Wattelland. Bitte nicht spucken. Jedes Verspritzen von Wasser ist untersagt. Bitte!« Dann las er weiter: »Wo ist der Held, der den Regen besiegt? Gelingt ihm das, soll er Watteia heiraten und Wattelland regieren. Das gelobe ich feierlich. Wattemutter.«

Junker Hohlkopf dachte nach. Ein Gespräch fiel ihm ein, das er vor langer Zeit einmal mit Scheppertonne geführt hatte. »Du musst eine Königstochter heiraten«, hatte sie ihm geraten, »dann bist du kein Eroberer mehr, den alle hassen und stürzen wollen, sondern wirst ein rechtmäßiger Herrscher. Und dann wird dir Don Blech nichts mehr anhaben können, dann muss er den Rücken vor dir beugen!«

Das war die große Gelegenheit – hier winkte ihm sein Glück. Er beschloss einen feierlichen Schwur zu tun. Langsam, ganz langsam ließ er sich auf die Knie nieder und presste das Schwert an seine Brust. Dann murmelte er: »So wahr ich Junker Hohlkopf heiße und so wahr ich die Erde beherrschen will, schwöre ich, mich der List und der Verschlagenheit zu bedienen. Ich will jedermann über meine wahren Absichten täuschen, will huldreich und freundlich erscheinen, mich jeder Gewalttat enthalten, keine Unklugheit begehen, bis diese Watteia meine Frau ist und ich die Krone trage – oder es soll mir von alleine der Kopf abfallen. Dann allerdings, ja dann soll mein Volk in mir den unbarmherzigen Herrscher fürchten lernen!«

Froh gelaunt beschritt er danach den Dschungelpfad. Unverdrossen stapfte er durch die Wiese. Und bald kam er nach Wattelstadt.

Er wunderte sich über das Aussehen der Bewohner, die in Scharen zusammenströmten, als er auftrat. Niemand wagte es, ihm nahe zu kommen.

Hier hatte vor kurzem ein Regensturm gewütet, aufgeweicht war der Boden, durchnässt die Zelthäuser.

»Wo ist dieses Wattemuster?«, fragte er einen Wattel.

»Meint er Wattemutter?«, raunte es ringsum gedämpft.

»Die Wattemutter, ja, ja, du Watteschlucker!«, antwortete er.

Man wies ihm den Weg zum Wattepalast. Er aber packte zum Dank einen kleinen Wattel am Nacken, hob ihn hoch und polierte mit ihm seine Rüstung. Dazu – fand er – waren diese Wattebollen prächtig geeignet. Aber eingedenk seines Schwures sagte er dann entschuldigend: »Du gestattest doch sicher?«

Junker Hohlkopf prangte jetzt. Er glänzte dem Obereinpuderer nur so entgegen, als er oben auf der Treppe stand, geklingelt hatte und das Tor geöffnet worden war.

»Ich will zur Wattemutter!«, rief Junker Hohlkopf.

»Ah … jawohl … warum auch nicht?«, stammelte der Obereinpuderer. Er eilte davon, der goldene Junker klirrte hinterher. Er klapperte und dröhnte, die Wände aus Leinen begannen zu flattern.

Wattemutter hatte noch nie so einen Lärm gehört.

Auch Watteia klopfte das Herzchen und sie jubelte ahnungsvoll: »Er kommt, mein Held, er kommt!«

»Oh ...«, stöhnte Klein-Wattoneon auf der Trockenleine. Seine Fäserchen sträubten sich, er fing schon an zu trocknen.

Junker Hohlkopf aber trat Wattemutter im großen Salon gegenüber.

Wattemutter bebte. Ging die Sonne noch mal auf? Fast schmerzend trafen sie die von der Rüstung widergespiegelten Strahlen.

»Welch ein Licht!«, seufzte sie.

»Ich bitte um Vergebung«, klapperte sein Kinnreff. »Ich kann meinen Glanz nicht abstellen. Ich bin so ... so golden! Daher auch mein Name: der goldene Junker!«

Sie rang nach Fassung. Dann säuselte sie: »Und was führt Euch zu uns, Herr Junker?«

»Das Plakat an der Bretterwand ... ich las es, schiffte über das Meer ...«

»So schnell? Seid ihr ein Blitz?«

»Nicht ganz. Nur rasch, wenn es gilt, Hilfe zu bringen. Ich bin bereit, für Euch zu kämpfen. Gelobt Ihr feierlich, mit Euere Tochter zur Frau zu geben?«

»Euch könnte es wohl gelingen – Ihr seid ja wie die Sonne! – Heute Morgen kämpfte einer meiner Untertanen gegen ihn, gegen den Regen. Vergeblich, ganz vergeblich ...«

»Mir ist keiner ebenbürtig!«, sagte er. »Immerhin – kann ich den Kläglichen sehen?«

Wattemutter winkte dem Obereinpuderer.

»Klein-Wattoneon hängt auf der Trockenleine«, sagte der, »auf Watteias!«

»Ach, hatte sie Mitleid mit ihm? Wie seltsam! – Trotzdem, führe den Herrn Junker dorthin.«

Der Obereinpuderer machte eine einladende Handbewegung und ging voraus. Junker Hohlkopf schepperte ihm nach. Watteia lauschte auf das metallische Klirren in ihrem Gemach. Ihr Herz klirrte im Takte mit. Kam nun das Wunschbild ihrer Träume?

Sie eilte herbei, wehte durch den Flur in ihr Puderzimmer – bei uns würde man es Badezimmer nennen. Da baumelte Klein-Wattoneon auf der Leine und trocknete still vor sich hin. Er hing da über dem zusammengeklappten Buch, sodass seine Füße und Hände sich nahe dem Fußboden berührten. Und oben in seinem Rücken klemmte eine riesige Wäscheklammer. Trotzdem war er fast glücklich, so in Watteias Nähe.

Und nun kam das Metallungeheuer und sah ihn in seiner Kümmerlichkeit. Festgeklammert konnte er sich nicht erheben, nicht ausreißen. Er stöhnte nur. Junker Hohlkopf deutete mit der Schwertspitze auf ihn. »Was für ein Jammerlappen!«

»Mein Held, mein Held!«, stammelte Watteia und strahlte den goldenen Junker an.

Nun bin ich verloren, dachte Klein-Wattoneon. Wenn ich diesem Ungetüm nur das Maul stopfen könnte. Aus zusammengekniffenen, noch ein wenig feuchten Augen schielte er nach dem Kinnreff, nach der klappernden Öffnung, auf den auf- und zugehenden Spalt.

Junker Hohlkopf aber wandte sich Watteia zu, seiner künftigen Frau. Er versuchte sich an alle Höflichkeiten zu erinnern, die er schon jemals gehört hatte. »Entzückend, ganz berückend«, ratterte er schließlich.

Damit gewann er ihr Herz auf Anhieb.

Und ganz sachte, zu seiner unaussprechlichen Verwunderung, schwebte sie empor und segelte wie ein Wölkchen zur Fensteröffnung hinaus. So glücklich war sie.

Ihn ärgerte das. Sie soll hier bleiben, dachte er. Ich kann auch nicht herumschweben. Aber das wusste sie nicht. Sie schaukelte bereits in ihrem Oberstübchen in der Hängedose und freute sich. Sie träumte von zukünftigem Glück und wagte sich aus Scheu hierüber nicht vor seine Augen.

Ein Kartenspiel und ein Schmetterling

So viel war geschehen, seitdem Don Blech den Vogelhorst leer vorgefunden hatte und nach Gurkonia zurückgekehrt war.

Dort hatte sich König Gurkigel der Rankige die Zeit aufs Angenehmste vertrieben, indem er mit Nassi Karten spielte. Sie vergnügten sich am Hafen, der König kniete auf der Mole und Nassi plantschte im Meer. Beide hielten die zu einem Fächer aufgeschlagenen Karten in der linken Hand und knallten die jeweils ausgespielte Karte auf die Steine.

»Gurkenbube!«, jubelte der König.

»Kürbisdame!«, übertrumpfte ihn Nassi.

»Ach, du mogelst«, brummte der König leicht erbost. Als nun Don Blech mit seinen Freunden enttäuscht wieder eingetroffen war, legten sie die Karten beiseite und berieten mit ihnen, was zu machen sei.

Nassi schlug vor, Junker Hohlkopf in einem Sirupfass zu versenken. Aber Don Blech hatte ihn ja noch gar nicht.

Der Hadnik wollte eine Armee von Didniks ausschwärmen lassen, um ihn zu suchen. Schmuser wollte ihn am liebsten sich selbst überlassen und endlich nach Hause fahren. Auch Donito hatte Sehnsucht nach Knofus Knofonius und seinen wohlschmeckenden Gerichten.

König Gurkigel meinte dagegen, alle sollten in Gurkonien bleiben. Sie wollten sich sehr lustige Tage machen, mit Sang und Tanz, in Saus und Braus.

Paprikel grübelte über ein weltweites Nachrichtensystem nach, mit dem er den goldenen Junker ausfindig machen könnte. Und König Gurkigel schaltete sich noch einmal in das Gespräch ein, weil er wissen wollte, ob Knofus Knofonius auch besonders köstliche Gurken kochen könne.

»Mit sehr süßen Früchten?«, fragte Nassi. Dann wollte sie ihn sofort besuchen.

Da flatterte etwas um Don Blechs runde Nase. »Der Papilio ist es, der Kometenschwanz«, rief Don Blech aufgeregt. »Immer kommt er, als ob er mir eine Botschaft bringen wollte. Ist das nicht sonderbar? Ich muss ihm folgen …«

Don Blech war nicht mehr aufzuhalten. Der Falter steuerte auf das Segelschiff zu und Don Blech eilte ihm nach.

»Fort, fort …«

»Aber nicht ohne Scheppertonne!«, rief Donito.

Da schluchzte König Gurkigel und Nassi wischte ihm die Tränen mit ihrer feuchten Patschhand ab.

Paprikel ließ Scheppertonne aus dem Gukürmel-Lagerhaus in den Seefalter schleppen.

Die ganze männliche Gurkonierjugend war auf den Beinen, um die zwei Teile, Kopf und Rumpf getrennt, zu schieben, zu stemmen. Von den Mädchen wurde sie durch aufmunternde Zurufe angespornt.

Dann dauerte es nicht mehr lange, bis König Gurkigel der Rankige alleine mit seinem Volk in der Stadt mit den melonenförmigen Häusern zurückblieb. Sein Berater hatte sich entschlossen, Don Blech beizustehen. Paprikel segelte in König Wididniks Drachen. Don Blech steuerte den Seefalter. Später sollte das Wikingerschiff im Museum der Didnikinsel seine würdevolle Aufstellung finden.

Warten auf Regen

Eine Woche lebte Junker Hohlkopf schon bei den Wattels. Tag für Tag strahlte die Sonne vom wolkenlosen Himmel und die Wattels waren zufrieden. Dies war das Wetter, das ihnen behagte. Silberne Federchen segelten durch die Luft, Insekten, Schmetterlinge und Blütenstaub. Auch die Wattels selbst wurden federleicht. Sie schwebten, kleinen Wolkenwesen gleich, heiter im hellblauen Element. Mit verschränkten Armen und übergeschlagenen Beinen lagen sie rücklings auf nichts als Luft und schwatzten miteinander. Worüber? Nun, über das Wetter, über den bevorstehenden Kampf, über die Siegesaussichten des goldenen Junkers, über die Hochzeitsfeierlichkeiten und wie später alles werden würde. Sie machten sich keine Sorgen. Sie kannten keinen Argwohn.

Und wenn sie nicht herumsegelten, dann besuchten sie sich gegenseitig in ihren Oberstübchen. Es war eine fröhliche Zeit.

Nur einer schwebte nicht. Der Fädchenaufklauber Klein-Wattoneon. Er lebte zurückgezogen in seinem Hauszelt, hatte die Tür zugeschnürt und sich in die dun-

kelste Ecke verkrochen. Hier saß er, grübelte und grollte. Er wünschte nichts so sehnlich wie des goldenen Junkers Niederlage.

Dem goldenen Junker war ein Zelt neben der großen Treppe unter dem Wattepalast angewiesen worden. Wattemutter fand es schicklicher, wenn er nicht bei seiner Braut im Wattepalast wohnte. Und er war es zufrieden. Doch das lange Warten fiel ihm schwer.

Zu den Mahlzeiten begab er sich in den Wattepalast. Zwar nahm er am fröhlichen Schmausen nicht teil, behauptete frech, ein Gelübde abgelegt zu haben, das es ihm verbot, vor dem Sieg einen Happen zu essen. Watteia bewunderte ihn mächtig, brachte sie es doch nicht fertig, auch nur einmal auf eine Weintraube zu verzichten.

Da saß er also nun am Tisch und ließ die köstlichen Obstplatten vorbeigehen und klapperte von Zeit zu Zeit mit dem Kinnreff. Doch niemals erlaubte er Watteia, ihm unter das Visier zu blicken. Noch immer wusste sie nicht, welche Farbe seine Augen hatten. Sie stellte sie sich immer schöner vor.

Wattemutter hingegen fühlte sich zunehmend unbehaglicher in des Junkers Gegenwart. Er schien ihr so unliebenswürdig. Und sie liebte es, in froher Runde zu tafeln. Hätte sie seine Gedanken lesen können, wäre er ihr noch gräuslicher erschienen. Er lechzte nämlich danach, ganz schnell als rechtmäßiger, gekrönter Herrscher anerkannt zu werden. Als rechtmäßiger Herrscher kann man auch rechtmäßig gemein sein, dachte er. Wer wagt es wohl, den zu tadeln, der das geltende Recht auf seiner Seite hat?

Er musste sich sehr zusammenreißen. Hier missfiel ihm so vieles. Am meisten das federleichte Herumschweben der Wattels und seiner Braut. Es missfiel ihm, dass er nicht in die Oberstübchen hinaufgelangen konnte. Das würde seine erste Handlung sein, dass er sie abreißen ließ, später, nach der Hochzeit. Wenn es doch nur endlich regnete …

Nach den Mahlzeiten wartete und wartete er weiter in seinem Zelt.

Zu seiner Freude bedeckte sich eines Morgens der Himmel. Die Wattels blickten teils besorgt, teils erwartungsvoll aus den Fensterklappen. Dann machten sie alle Ritzen dicht und zurrten die Seile fester.

Die Wolkengebirge verhießen nichts Gutes.

Junker Hohlkopf aber geriet in Hochstimmung: Endlich näherte sich das Ende der Untätigkeit. Er freute sich über das Höhersteigen der Wolken. Ihre Ränder färbten sich schwarz.

Er eilte wieder in den Wattepalast. Gleich drei Stufen der steilen Treppe nahm er auf einmal. Stolz trat er vor Wattemutter. »Ich bin gekommen, um von Euch Abschied zu nehmen – und von meiner lieben Braut.«

»Jaja –«, murmelte Wattemutter und ertappte sich bei der Hoffnung, es möchte vielleicht ein Abschied für immer sein. Nein, sie liebte ihren zukünftigen Schwiegersohn nicht.

»Nun –«, fragte Junker Hohlkopf. Er war ein wenig ungeduldig und stampfte sogar mit dem Fuß auf, »nun, warum wünscht mir Watteia kein Glück?«

Wattemutter wurde nicht gern hart angeredet. Etwas unwillig ließ sie Watteia rufen.

Watteia kam. Wie hatte sie doch in den Ritterbüchern gelesen? Wenn der Held in den Kampf zog, gelobte ihm die Braut ewige Treue. Und das wollte sie und daher wirbelte sie dem goldenen Junker an die gewölbte, runde Brust. Sie umschlang den kühlen Leib mit den Armen. »Öffne dein Visier, damit ich dich zum Abschied küssen kann!«, hauchte sie.

Er wich einen Schritt zurück. Er hasste jeden Gefühlsüberschwang. Er grollte: »Nimm dich zusammen!«

Dass er in dieser Stunde gar keine Zärtlichkeit für sie hatte? Und dass er sein Visier immer noch nicht aufmachte? »Bist du vielleicht hässlich?«, versuchte sie zu scherzen.

Da wehrte er ab. »Nein, hässlich bin ich nicht, das kann ich beschwören.« Und das war sogar wahr, denn wer gar nicht zu sehen ist, kann auch nicht hässlich sein. Dann salutierte er und hob den Handschuh ans Visier. Das sah sehr ritterlich aus. Danach marschierte er aus dem Salon. Schon schlugen die ersten Tropfen aufs Zeltdach. Wattemutter erließ schnell noch einige wirre Anordnungen zum Schutze des Wattepalastes und seiner Bewohner.

Junker Hohlkopf polterte die Außentreppe hinab. Hoch oben hingen die schwarzen Wolken wie dicke Säcke, als seien sie prall gefüllt mit Wurfgeschossen. Die Gassen waren wie ausgestorben. Die Wattels hatten sich verkrochen und sich die Ohren mit Watte verschlossen, um das Geprassel nicht zu hören. Nur Klein-Wattoneon lugte durch den Schlitz, um den Auszug seines Nebenbuhlers zu beobachten. Der schritt voran, als könne ihm nichts auf der Welt etwas anhaben.

Junker Hohlkopf erklomm den Hügel vor der Stadt. Hier hatte Klein-Wattoneon seine Niederlage erlitten. Hier war jeder dem Regen am nächsten, dem Regen, dem Himmel und den Wolken.

Junker Hohlkopf zückte sein Schwert. Er deckte Helm und Federbusch mit dem Schild ab. Er rief unflätig: »He,

Regen, lächerlicher Popanz, Wasserklatscher! Komm, wage es, mit mir zu kämpfen. Mir kannst du nichts anhaben, ich werde dir das Haupt abschneiden, die Arme abtrennen und den Leib zerteilen!«

Da erlosch alles Licht über dem Land. Und genauso plötzlich fielen silberne Wasservorhänge herab. Die Tropfen kollerten über Junker Hohlkopfs Schwert. Sie prasselten auf seinen Schild. Alle Farben waren dumpf geworden. Die kleine Zeltstadt unten lag im Nebel und der Wind orgelte zornig.

Donner krachten und Blitze zuckten. Junker Hohlkopf stand wie in einem Wasserfall. Doch schrie er: »Hoho!«, und der Regen stürzte oben in seinen Helm hinein, drang durch alle Ritzen, durch die Augenschlitze und den Halsansatz und suchte noch das kleinste Loch in der Rüstung.

Unten fand das Wasser den Weg nicht so leicht wieder ins Freie. Junker Hohlkopf glich einem verstopften Leitungsrohr, in dem sich die Flüssigkeit staute. Denn so schnell sie eindrang, so schnell kam sie nicht wieder hinaus. Dem mutigen Kämpfer stieg das Wasser in der Wade hoch. Was nicht an der Ferse herauskam, sprudelte an der Kniekehle.

Ihn focht das nicht an. Nur das Gehen wurde schwer, schwer die Füße. Und leichter Schwindel erfasste ihn – vollkommen durchspült vom Wasser, wie er war!

Und dann schlug ein Blitz in seine Schwertspitze ein. Da riss es ihn um und er stürzte zu Boden. Rasch war der Blitz durch ihn hindurchgefahren, als sei er ein Blitzableiter. Da lag er nun in ganzer Länge auf dem Boden und der

Donner brachte den Harnisch zum Beben und das Wasser prasselte auf die Rüstung.

Junker Hohlkopf stellte sich tot.

Er blieb lange liegen, bis der Sturm abflaute, der Regen nachließ und sich verzog. Als der Himmel aufriss, traf ein

Sonnenstrahl die Goldrüstung. Sie funkelte wie frisch gewaschen. Nun sprang Junker Hohlkopf auf.

»Sieg! – Sieg!«, rief er und rannte den Hang hinab. Und während er stürmte, verteilten sich die Wolken, die Sonne lachte wieder vom blauen Himmel.

Sein Triumph schien vollkommen zu sein, als er die Treppe zum Wattepalast emporstieg.

Doch die Stadt sah schlimm aus, aufgeweicht die Zelthäuser und umspült vom Wasser.

Ein folgenreicher Entschluss

Der Wind trieb die Wolken rasch davon, es sah aus, als ob sie flüchteten. Da bebte Watteia, ihre Kräuselspitzen zitterten. Sie eilte dem Helden entgegen und strahlte: »Mein Gemahl, mein Sieger!«

Junker Hohlkopf salutierte würdig im aufgeschlagenen Vorhangportal. Aus seinen Füßen rann das Wasser heraus. Der Obereinpuderer jammerte: »Bitte, betreten Sie den Wattepalast nicht so nass!«

»Soll ich in der Tür stehen bleiben?«, grollte der Junker.

»Nur bis Sie getrocknet sind!«

Junker Hohlkopf drückte ihn mühelos zur Seite und ging in das feucht gewordene Zeltgebäude.

Die Einwohner der Stadt machten sich ans Aufräumen. Sie entfernten Äste und Blätter von den Stoffdächern und fegten Pfützen vor den Haustüren leer. Noch nie hatten ihnen diese Arbeiten so viel Vergnügen gemacht, waren sie doch überzeugt davon, dass sie nun nie wieder vom Regen heimgesucht werden würden. Dies war der letzte Schauer gewesen. Von heute an würde ein Sonnentag dem anderen folgen, ungestört, ungehindert konnten sie als trockene Wölkchen zu ihren Oberstübchen emporschweben, immer und immer wieder.

Einem aber war sterbenselend zu Mute. Klein-Wattoneon hätte lieber wochenlangen Regen ertragen, als seine geliebte Watteia verloren zu wissen, verloren an einen Unhold aus Blech.

Jetzt war seine letzte Hoffnung geschwunden, dass es dem Junker genauso ergehen würde wie ihm. Deshalb entschloss er sich, seinem Leben ein Ende zu bereiten. Und wo gab es einen besseren Ort dafür? Im Wasser, am Meer.

Er räumte sein Hauszelt sorgfältig auf und legte seine bescheidene Habe ordentlich zusammen. So macht es ein braver Mensch, ehe er diese Erde verlässt. In die Ecke neben die Tür stellte er die Müllfusselkarre und legte sein Arbeitszeug, die Fusselaufklaubegabel und die Fädcheneinsammelzange quer darüber. Er band die Stiele mit einer Schnur zusammen und knotete ein Schild daran fest:

»Eigentum des Staates, zurückgegeben vom ehemaligen städtischen Fädcheneinsammler und Fusselaufklauber Klein-Wattoneon.«

Er schluchzte trocken – hoffentlich kam alles in die Hände eines würdigen Nachfolgers.

Dann schloss er den Durchschlupf und steckte mit einer Nadel einen anderen Zettel daneben, worauf geschrieben stand: »Warten zwecklos, komme nicht wieder!« Und verließ seine Heimat.

Wohl schaute ihm der eine oder andere nach, wie er so die Straße entlangwanderte, langsamer und immer langsamer schritt. Doch versuchte niemand ihn zurückzuhalten, da ja auch keiner seine Absicht kannte. Und schließlich hatte ja auch jeder alle Hände voll mit seinem eigenen Haus zu tun.

So gelangte Klein-Wattoneon aus der Stadt und war tieftraurig – noch trauriger als zuvor schon, dass sein Abschied auf Nimmerwiedersehen keinen betrübte. Ein letztes Mal drehte er sich um und warf einen Blick voller Liebe zurück auf die Stadt und den Wattepalast. »Leb wohl, werde glücklich, Watteia!«, murmelte er. Und fast hätte ihn die Rührung über sein eigenes Unglück überwältigt.

Er betrat den Dschungelpfad, der sich durch den Urwald wand, durch die Steppe, durch die Wiese und zum Meer.

In der stillen Bucht rauschten die Wellen so gleichmütig, so ungerührt auch von Klein-Wattoneons Schicksal, doch auch so beruhigend und tröstlich. War das Wasser wirklich ein tödliches Element? Ach, hoffentlich brachte es ihm den Frieden.

Noch einen Atemzug wollte er sich gönnen, sich ausruhen vom langen Marsch, ehe er sein Leben beendete. Auf einem Stein ließ er sich nieder. Schon sah er sich in Gedanken aufgelöst und zerfasert auf dem Wasser schwimmen, eine seltene Meeresblume ... und bald würde nichts, nichts mehr von ihm übrig bleiben.

Wieder ein trockenes Schluchzen. Nach einer Weile schaute er in die Runde: Wie schön doch die Welt war. Dann fiel sein Blick auf die Bretterwand. Da klebten noch die vom Regen verwaschenen Plakate mit der Ankündigung. Sie hatten sich teilweise gelöst und ihre Ecken hingen herab. Ausgeblichen von der Sonne waren sie auch und blass geworden, aber noch leserlich. Wozu? Jetzt brauchten sie ja keinen Helden mehr anzulocken.

Im Wasser schwamm ein großes, aus Brettern zusammengesetztes Floß – im Schilf. Es sah aus wie eine Holztür. Damit war wohl der grässliche Ritter gekommen? Morsch und zerlöchert war das Gefährt ...

Und dann blickte er hinaus, bis hin zum Horizont, bis in die Unendlichkeit, die ihn nun bald aufnehmen sollte. Und da sah er etwas ... nein, zwei Etwasse ... ein buntes und ein helles Segel.

Das waren zwei Boote, wirklich, zwei Segelboote, und das war so selten wie erregend. Seit Wattelsgedenken hatte hier kein Segelboot mehr angelegt. Kam noch ein Held, ein Held mit seinem ganzen Gefolge? Wollte noch jemand den Regen besiegen und Watteia erringen? Kam es womöglich zu einem Kampf zwischen zwei – oder gar drei – Bewerbern? Oder drohte der Stadt ein ganz anderes Unheil?

War er nun nicht zu einem letzten Dienst verpflichtet, musste er nicht vor seinem Tode noch einmal in die Stadt zurückkehren, das Ereignis melden, die Bürger und Wattemutter warnen.

Oder war es nicht besser, die Lebenden sich selbst zu überlassen und sich ins Wasser zu stürzen – vorher? Unschlüssig stand er da und starrte …

Wie ahnungslos war man doch im Wattepalast:

Stolz führte Watteia da ihren tropfenden Helden zu Wattemutter, mochte der Obereinpuderer noch so sehr die Hände ringen. Und stolz meldete der goldene Junker: »Der Regen ist vernichtet! Ich habe ihn in die Flucht geschlagen!«

»Und wird er nie mehr zurückkommen?«, fragte Wattemutter.

»Er wird es nicht wagen!«

»Nie mehr?« Wattemutters Stimme klang fast so, als ob ihr das Leid täte.

»Jetzt erinnere ich Euch an Euer Versprechen. Watteia wird meine Frau. Ich werde sie heiraten!«

»Ja, schnell, schnell!«, jubelte Watteia.

»Langsam, langsam …«, rief die Mutter. Ihr war so unbehaglich zu Mute. Die beiden waren so verschieden.

Der goldene Junker aber stimmte Watteia zu: »Sofort!« Und das Kinnreff klappte, wie wenn eine Mausefalle zuschnappt.

Wattemutter rang die Hände. »Sofort ist unmöglich!«, sagte sie. »Man heiratet nicht ohne angemessene Brautzeit. Das wäre gegen die Sitte. Die Vorbereitungen der Feier brauchen lange, das Festzelt muss geschmückt werden …«

»Mit Watte?«, fragte Junker Hohlkopf höhnisch.

Glücklicherweise verstand Wattemutter seine Frechheit nicht. Junker Hohlkopf klopfte drohend auf seine Brust. »In einer Woche, in acht Tagen – und keine Stunde länger – ist Hochzeit!«

Ängstlich schaute Wattemutter ihn an. »So rasch … da kann ich ja nicht einmal Gäste einladen …«

»Keine Gäste!«, sagte Junker Hohlkopf. Und dabei blieb er.

»O Wattel, Wattel«, seufzte Wattemutter. Ihr war sehr übel. Sie musste sich in ihre Schlafdose zurückziehen. Und dadurch gingen natürlich wieder kostbare Stunden verloren.

Eine Begegnung

Im Wattepalast also drängte Junker Hohlkopf zur Eile. Dafür näherten sich die zwei Segelschiffe in qualvoller Langsamkeit. Es wehte kein Wind – man nennt so etwas eine Flaute.

Das eine Segelboot hieß Seefalter, das andere König Wididniks Drache.

Manchmal war ein großer, besonders schöner Schmetterling vor ihnen hergeflattert. Dann war ihm Don Blech selig gefolgt, blindlings, gleichgültig wohin der Falter flog. Und trotzdem kamen sie nach Wattelland? Wer weiß, vielleicht deswegen.

Als endlich eine frische Brise auflebte, wurden sie ans Ufer getrieben, in die stille Bucht, dorthin, wo Klein-Wattoneon eben noch die Welt verlassen wollte. Im Augenblick dachte er nicht daran. Er war hinter einen Busch geschlüpft, um die Ankunft der Gäste zu beobachten.

Die Boote rauschten ins Schilf. Don Blech und Paprikel sprangen heraus, sie banden die Taue um Baumstämme. Nun lagen die Segler fest. Donito und der Hadnik holten die Segel ein. Tura flatterte von der Mastspitze auf einen Baum, der Stier Schmuser kletterte über Bord. Und plötzlich rauschte hinter den Booten das Meer auf, als ob ihm ein Wassergeist entsteige. Nassi hieß das Ungetüm. Und sogleich stellte es fest: »Hier sieht es sehr nach Leckereien aus.«

Ja, wo so viele Früchte wachsen, muss es auch süßes Obst geben und vielleicht noch anderes Zuckerzeug. Klein-Wattoneon spitzte die Ohren. Seine Augen wurden kugelrund. Für einen Augenblick vergaß er allen Kummer. Eine Gestalt wie Nassi hatte er noch nie gesehen.

Don Blech trug seine rote Pumphose mit der blauen Schärpe, daher erinnerte er nicht – wie sonst so oft – an den goldenen Junker. Und das Ross Scheppertonne – vielmehr die leblosen Teile des Pferdes – ruhten, verborgen unter Tauen und Segeltuch, in der Mitte des einen Bootes.

Paprikel legte sein Gesicht in gelehrte und wissensdurstige Falten. Er meinte: »Ich gäbe etwas darum, wenn ich wüsste, wo wir uns befinden.«

Das hätte ihm Klein-Wattoneon zwar sagen können, er hütete sich aber, aus seiner Verborgenheit hervorzutreten.

»Nun, es ist sehr hübsch hier!«, krähte Tura. Für einen Vogel, und wohl nicht nur für einen solchen, war Wattelland sicher ein besonders schöner Ort! Ein Baumwipfel am anderen, einer grüner und blühender als der andere, dazu die Baumwollpflanzen mit ihren Samenhaaren, dazu die duftenden Blumen …

Donito wanderte suchend herum. Er entdeckte die wacklige Anschlagtafel. Erst fand er den Türflügel am Ufer, morsch und zerspalten. Er betrachtete ihn und murmelte: »Merkwürdig, er kommt mir bekannt vor. Woher nur? Von hier ist er bestimmt nicht. Er muss angeschwemmt worden sein.« Und dann, immer noch grübelnd, war er weitergegangen und an die Tafel gekommen. Was er las, erstaunte ihn. Er vergaß darüber die Tür im

Wasser und genauso vergaßen bald darauf Don Blech und Paprikel alle anderen Dinge, die sie beschäftigt hatten. Zunächst erschien ihnen der Text zu unwahrscheinlich. Dann aber zerbrachen sie sich die Köpfe darüber, wer etwas so Törichtes verfasst haben könnte.

»Ein Narr oder ein Dummkopf!«, sagte Paprikel. »Denn dass man den Regen nicht besiegen kann, weiß doch jedes Kind. Ich glaube, es soll ein Witz sein!«

Da zuckte Klein-Wattoneon zusammen. Am liebsten wäre er jetzt hinter dem Busch hervorgesprungen und hätte gerufen: »Ich habe auch versucht, den Regen zu besiegen, bin ich vielleicht ein Dummkopf? Und ein Witz war das auch nicht – ich habe es am eigenen Leibe erfahren und erlitten. Und wenn ihr nicht gekommen wäret, hätte ich mein Leben schon beendet deswegen und ich schwämme als lebloser Wattel auf einer Schaumkrone, uhuuu ...«

»Da schluchzt doch jemand«, Donito hob den Zeigefinger.

»Hat er eine Zuckertüte?«, fragte Nassi.

»Hier ist aber niemand«, versicherte Tura. Der Vogel war zwar dicht über Klein-Wattoneon hinweggestrichen, hatte ihn aber für einen wattigen Strauch gehalten – für eine Pflanze, die er nicht kannte.

Ja, und das fand Klein-Wattoneon kränkend: nicht bemerkt zu werden! War er schon dem Regen unterlegen, von Watteia verschmäht; wollte er schon mit dem Dasein Schluss machen und hatte er auch sein Handwerkszeug weggeräumt ... gleichwohl sollte man ihn am Ende seines Lebens nicht für niemanden halten. Da war es schon besser, sich noch einmal als Held zu erweisen. Er kroch durch die Zweige und sagte – leicht zitternd – »Guten Tag.«

»Ach, seht mal, da ist ja doch jemand«, rief Don Blech. Er kratzte sich hinten am Hals, so seltsam fand er sein Gegenüber.

»Allerdings bin ich jemand!«, antwortete Klein-Wattoneon. Er reckte sich, so gut er konnte. Don Blech flößte ihm Vertrauen ein. »Ich bin schon jemand – obwohl ich es nicht mehr lange sein werde.«

»Oh, halt die Luft an!«, japste der Hadnik. Er stieg ein wenig in die Höhe, um sich den wattigen Gesellen näher anzusehen und vor allem: von oben.

Klein-Wattoneon sah das mit Freude. Dass einer emporschweben konnte, machte ihn noch sicherer. Der goldene Junker hatte es jedenfalls nicht gekonnt.

»Auf unserer Reise lernen wir die sonderbarsten Leute kennen«, stellte Don Blech fest. Und das stimmte ja, denn sowohl die Gurkonier als auch die Didniks waren nicht mit normalen Maßstäben zu messen. Donito nickte. Er hätte gern einen Trompetenstoß in den Himmel geschickt. Aber er ließ es lieber, wusste er doch nicht, wen er damit alles anlocken mochte.

Don Blech verstand es, Klein-Wattoneon immer zutraulicher zu machen. So zutraulich, dass er ihm bald sein trauriges Schicksal erzählte: Liebe, Kampf und Niederlage des städtischen Fädcheneinsammlers und Fusselaufklaubers. Und als er geendet hatte, da wussten die Ankömmlinge, dass sie am Ziel der Reise waren.

Don Blech schnäuzte sich mit Entschiedenheit die Nase, er war sehr gerührt. Dann reichte er Klein-Wattoneon die Hand und sagte: »Sei getrost, mein Freund, und verschiebe dein freiwilliges Ende noch. Jetzt sind wir hier, um deinem lügnerischen Nebenbuhler das böse Handwerk zu legen und Watteia vor dem größten Fehler ihres Lebens zu bewahren.«

Rosarot färbten sich da die Wattespitzen Klein-Wattoneons und vor Glück stieg er sanft empor. Er sah aus wie eine winzige Abendwolke, die so nahe gekommen ist, dass man sie streicheln kann. »Das ist toll!«, fand der Hadnik. »Er braucht gar nicht die Luft anzuhalten.«

»Nein«, antwortete Klein-Wattoneon, »ich brauche mich nur sehr zu freuen.«

Heiter schwebte Klein-Wattoneon über den Köpfen seiner neuen Freunde. Ob er ausatmete oder einatmete, es machte keinen Unterschied. Der Hadnik wunderte sich noch mehr. »Kannst du immer in der Luft bleiben?», fragte er, »musst du nie auf den Boden zurück?«

Klein-Wattoneon lächelte. »Ich schwebe, solange ich froh bin, einen anderen Grund gibt es nicht. Allerdings muss ich trocken sein.«

»Man lernt eben nie aus«, stellte der Hadnik fest. Und Donito setzte nun doch die Trompete an die Lippen und blies ein freudiges Abendlied. Er fand, dass dies jetzt gut passte.

Klein-Wattoneon fand das auch. Noch nie hatte er Trompete gehört. Seine Wattespitzen vibrierten leicht. Das bereitete ihm großes Wohlbehagen. Auch uns läuft ja in besonders schönen Momenten ein Schauer über den Rücken – so erging es dem städtischen Fädcheneinsammler.

Paprikel aber schüttelte das Haupt. »Glück hin, Glück her«, murmelte er. »Donito soll nicht blasen. Wenn uns der goldene Junker hört, sind wir entdeckt. Und für uns wäre es viel besser, er wüsste nichts von unserer Ankunft, bis wir einen Plan gemacht haben.«

»So ist es«, stimmte ihm Don Blech zu. »Beraten wir, was wir tun sollen. Auch du, mein schwebender Freund, komm herab!«

»Schon?«

»Ja, denn wir brauchen deine Hilfe«, sagte Paprikel. »Vor uns liegen Schwierigkeiten, die unseren ganzen Scharfsinn erfordern. Bedenke, dass du Watteias Liebe noch lange nicht erobert hast, wenn wir den hohlen Junker aus dem Land vertrieben haben werden.«

Ja, so war das, Klein-Wattoneon sah es ein. Und das machte ihn wieder traurig und daher sank er herab und kam wieder auf den Boden der Wirklichkeit zurück. Don Blech bat alle sich niederzusetzen, sie versammelten sich ringförmig auf dem Rasen um ihn. Nur Nassi kam nicht in den Kreis. Es war ihr zu trocken auf dem Land. Sie weidete lieber im flachen Wasser, wo sie köstliche Leckerbissen vermutete, ganz besondere Arten von klebrigem Tang oder Muscheln mit Marmeladefüllung.

So saß also Donito neben Don Blech, Schmuser neben Klein-Wattoneon, der Hadnik neben Paprikel und Tura. Klein Wattoneon schmiegte sich eng an den großen Stier. Der gab ihm ein so gutes Gefühl der Geborgenheit. Neben so viel Kraft konnte ihm niemand etwas anhaben. Er rieb seine Schulter am Hals des Tieres. Schmuser schloss die Augen. Alle Überlegungen waren ihm im Augenblick gleichgültig. Er kaute gemächlich wieder und stöhnte wohlig, ganz, ganz leise.

»Warum stöhnst du?«, fragte ihn Donito besorgt.

»Vor Wonne! Ich stöhne, weil es so schön ist. Noch niemals hat mich jemand so zart gestreichelt wie unser schwebender Freund ...«

»Das ist leicht zu erklären«, meinte Paprikel. »Er ist ja auch überall weich und wattig. Ich werde mir überlegen, ob ich nicht irgendetwas aus ihm machen kann, eine Erfindung ...«

»Ich will aber keine Puderquaste mehr werden!«, rief Klein-Wattoneon.

»Schade«, sagte Paprikel. »Ich glaube, das war es, was ich aus dir hätte machen können.«

Don Blech hatte schweigend zugehört. Nun sagte er: »Paprikel hatte nur zu Recht. Nicht, indem er eine Puderquaste erfinden wollte, die gibt es ja schon, sondern weil er Donito bat, nicht zu trompeten. Junker Hohlkopf darf nicht wissen, dass wir hier sind. Je sicherer er sich fühlt, umso besser für uns.«

»Willst du ihn aus dem Hinterhalt überfallen?«

»Das wäre nicht ehrenhaft. Auch würde Watteia uns

das übel nehmen. Nein – wir müssten versuchen, ihn lächerlich zu machen, ihn der Lüge überführen.«

»Aber er hat doch den Regen überwunden«, sagte Klein-Wattoneon verwundert.

»Das ist lächerlich. Doch das erkläre ich dir ein andermal. Es wäre aber am besten, es würde noch einmal heftig regnen.«

»Vielleicht kann Nassi durch kräftiges Spritzen eine Überschwemmung in der Stadt hervorrufen? Sie könnte doch so weit sprühen und spritzen, dass alle denken, es gießt«, meinte Paprikel, widersprach sich aber gleich selber, indem er fortfuhr: »Doch wäre das ja auch ein leicht zu durchschauender Schwindel. Seeungeheuerspucke, selbst wenn sie mit Meerwasser durchsetzt ist, ist noch lange kein echter Regen. Der Himmel würde wolkenlos, heiter lachen …«

»Kann Nassi nicht nachts spritzen?«, fragte Klein-Wattoneon, dem jedes Mittel recht war, seinen Nebenbuhler herabzusetzen. Don Blech aber lehnte das ab und Klein-Wattoneon meinte nach kurzer Überlegung: »Es wäre überhaupt nicht gut, Häuser und Brücken könnten zusammenbrechen, Straßen würden wieder aufgeweicht, der Wattepalast durchnässt!«

»Es sollte also wirklich nie wieder regnen?«, fragte Donito.

Klein-Wattoneon nickte. »Für die Wattels wäre es schön. Dann blieben sie immer trocken. Aber für mich wäre es doch herrlich, wenn Junker Hohlkopf ein Lügner wäre.«

»Es muss regnen«, sagte Don Blech, erklärte aber nicht, weshalb, so selbstverständlich war es ihm. »Und das wird auch wieder geschehen, es fragt sich nur, wann. Es kann vielleicht Monate dauern, so, wie uns Klein-Wattoneon das hiesige Klima geschildert hat. Und dann ist Junker Hohlkopf längst mit Watteia verheiratet und Herrscher über Wattelland. Und ich meine, das ist noch viel schlimmer für die Wattels, als eine Sintflut.«

»Wirklich, ja wirklich«, greinte Klein-Wattoneon. »Arme, arme Watteia.«

»Weine nicht«, versuchte Paprikel ihn zu beruhigen. »Uns fällt bestimmt etwas ein.«

»Und bis es uns eingefallen ist, darf der Junker nicht heiraten!«, sagte Don Blech. »Das zu erreichen, ist schwierig. Ich muss wissen, wie viel Zeit uns noch bleibt. Am liebsten ginge ich selbst in die Stadt. Ich möchte wissen, was die Leute über Junker Hohlkopf denken. Ich will herausbekommen, wann die Hochzeit sein soll. Denn je nachdem, wie viel Zeit uns bis dahin noch bleibt, können wir entweder wohl überlegte Entschlüsse fassen oder müssen wir ganz rasche Entscheidungen treffen. – Außerdem möchte ich die Stadt mit den lustigen Oberstübchen sehen!«

»Junker Hohlkopf wird es erfahren, dich vielleicht sogar treffen«, gab Donito zu bedenken.

»Ich müsste wie Harun al Raschid gehen, bis zur Unkenntlichkeit verkleidet. Am besten als Wattel.«

»Ja, man müsste dich über und über in Watte wickeln. Aber wie?«

»Ich weiß es –«, sagte Paprikel. »Wir nehmen die

Fasern der Baumwollpflanzen, von denen hier so viele stehen.«

Verkleidung

In der Tiefe seines Herzens verabscheute Don Blech jede Lüge. Doch was sollte er tun? Zu oft schon war er vergeblich hinter Junker Hohlkopf hergeeilt, zu oft war ihm dieser entwischt und hatte Verwirrung und Unheil angerichtet. Nun wollte er gar ein ahnungsloses Mädchen und ein freundlich-harmloses Volk ins Unglück stürzen. »Wenn ich bedenke, welches Entsetzen Watteia befallen wird, erkennt sie nach der Hochzeit, dass sie für immer an leere Blechbüchsen gebunden sein soll, so schaudere ich schon jetzt«, sagte er mit betrübten Falten auf der Stirn.

Paprikel stimmte ihm zu. »Ja – und doch teilt sie dieses Schicksal mit tausenden, die oft auch erst in der Ehe feststellen, dass ihr Mann eine taube Nuss ist.«

»Oder ihre Frau, das wollen wir gerechterweise festhalten«, sagte Don Blech.

Klein-Wattoneon schluchzte trocken. »Könnte ich Watteia nur retten, sie warnen! – Aber auf mich hört sie ja nicht.«

»Wir könnten sie entführen«, meinte Donito.

»Sagt mir nur, was ich tun soll«, grollte Schmuser. »Und du ...«, er drehte sein mächtiges Haupt Klein-Wattoneon zu, »höre nicht auf, mich zu streicheln.«

»Aber ich bin doch so ... so traurig!«, kam die bedrückte Antwort. Don Blech grübelte. Paprikel war rascher mit Nachdenken fertig: »Wir dürfen Watteia nicht entführen. Denn noch ist sie ja in Junker Hohlkopf verliebt – wie unbegreiflich das auch für mich sein mag, der ich in sein hohles Innere geblickt habe und ihm sogar den Kopf verkehrt herum aufsetzte. Dennoch, sie würde uns hassen, uns für Bösewichter halten und zu ihm zurückzukehren versuchen. Oder, wenn wir sein Dasein beenden und ihn auseinander nehmen, würde sie ihr ganzes Leben um ihn trauern, wie um ein verlorenes Glück. Nein, sie selbst muss ihn verabscheuen – das ist die große Schwierigkeit.«

»Und daher ist mir jedes Mittel recht und deshalb werde ich mich verkleiden und in die Stadt gehen«, rief Don Blech. »Zunächst aber müssen wir die Schiffe weiter ins Schilf ziehen, damit sie uns nicht davonsegeln ...«

Sie standen auf und baten Nassi, die beiden Segelboote an Land zu schieben, unter die Büsche, wo man sie nicht so gut sehen konnte.

Da lag auch noch die Tür, auf der Junker Hohlkopf übers Meer gekommen war. Nassi fragte: »Soll ich sie wie ein Zuckerbrot mit den Zähnen zermalmen? Morsch genug ist das Holz ja und vielleicht schmeckt es sogar süßlich.«

Don Blech bat sie, die Tür liegen zu lassen, wo sie lag.

Paprikel sagte: »Vielleicht brauche ich sie zur Heimreise.« Dabei verzog er sein Gesicht, als habe er in eine unreife Zitrone gebissen. »Wenn der Hadnik mit König Wi-

didniks Drachen segelt, Don Blech mit dem Seefalter, bleibt mir nichts anderes!«

»Wir Wattels werden dir ein Schwebeschiff des Glücks bauen!«, versprach Klein-Wattoneon. Dabei wusste er weder, wie es aussehen, noch, wie es funktionieren sollte.

Später schnitten sie von den Baumwollpflanzen die Fasern ab. Sie wickelten, klebten, stopften und knoteten sie so an Don Blechs Gewand, dass von ihm selbst nur noch die knubbelige Nasenspitze herausschaute. Zur Not konnte man ihn so für einen Wattel halten.

Vor allem vielleicht, wenn es dunkel war. Deshalb wartete Don Blech, bis es dämmerte. Dann nahm er Abschied von seinen Freunden und wanderte mühsam, denn es war schwer in der wattigen Verpackung, wanderte also schwerfällig durch das Unterholz und über den Dschungelpfad nach Wattelstadt …

Da die Nacht schnell hereinbrach, fiel der Fremdling keinem auf. Die meisten Wattels waren müde und legten sich bereits schlafen.

In vielen Zelten brannten Öllämpchen oder Kerzen. Sie verbreiteten ein sanftgoldenes, angenehmes Licht. Manche Häuschen leuchteten wie Lampions.

Das alles fand Don Blech sehr reizend und schlenderte zunächst nur durch die Gassen und schaute. Er versuchte sich jede Ecke und alle Winkel zu merken, um sich nicht zu verirren.

Später blieb er bei einem alten Wattelweibchen stehen. Weibchen sind oft schwatzhaft, dachte er, und daher konnte er von ihr vielleicht am schnellsten mancherlei erfahren.

Das Wattelweibchen fegte die hölzerne Türschwelle ihres Zelthäuschens. Dabei schimpfte sie leise vor sich hin, dass es eine Schande sei, wie schlecht die Straßen in den letzten Tagen gereinigt worden seien, voller Fädchen und Fusseln wären sie …

Don Blech bemühte sich, recht wattig zu sprechen, er murmelte: »Immer noch bei der Arbeit?«

»Jaja«, antwortete sie. »Bald ist ja Hochzeit, da muss alles nur so blitzen.«

»Also heiratet Watteia den fremden Ritter«, fragte Don Blech. »Ist das wohl gut?«

»Natürlich. Nie wieder wird es regnen, nie wieder werden unsere Häuser eingerissen und durchnässt ...«

»Wenn man das nur sicher wüsste ...«, brummte Don Blech.

»Hast du denn nicht gesehen, wie der Regen flüchtete?«

»Zieht der Regen nicht immer von allein wieder weg? Ist er nicht jedes Mal gekommen und gegangen, wie er wollte?«

»Diesmals war es anders! Aber du redest wirklich seltsames Zeug!«

»Nun ja ...« Don Blech war schrecklich warm in seiner Verpackung und nur schwer konnte er der Versuchung widerstehen, das Wattelweibchen über das Entstehen von Regenschauern aufzuklären. Aber er zog sich lieber mit einer höflichen Entschuldigung zurück, als sie ihn aufforderte, doch mit in ihr Oberstübchen emporzuschweben. Dort wollte sie die Nacht verbringen und von der Hochzeit träumen. Sie freute sich auf das Fest. Don Blech bedauerte insgeheim, dass ihm die Gabe des glückseligen Schwebens versagt war, obwohl ihm jetzt ganz gewiss nicht danach zu Mute war.

Sorgen

Nicht nur das alte Wattelweibchen freute sich auf das Hochzeitsfest, die Vorfreude war allgemein. Tanzen würde man, schweben, essen, schmausen und trinken. Flötenmusik würde ertönen und des Nachts würde Wattelstadt ein Lichtermeer sein.

Und danach? Danach gab es auch nur Heiterkeit, Freude und ewige Trockenheit.

Am allermeisten freute sich Watteia selbst, die glückliche Braut. In der gleichen Nacht, als Don Blech in der Stadt herumstrich, war sie in ihr Oberstübchen hinaufgeschwebt, das von sanften Winden gewiegt wurde. Hier legte sie sich in eine an Schnüren hängende Dose und träumte von ihrem Ritter. Sie malte sich in den wonnigsten Farben aus, wie schön es sein werde, wenn er ihr endlich sein wahres, unter dem Helm verborgenes Angesicht, seinen kräftigen, in die Rüstung gezwängten Ritterkörper zeigte. Ob er wohl auch wattig war? Oder wie sonst? Und wenn er wattig war, war er dann bläulich, hellgrün oder gar rosa? Einen rosafarbigen Ehemann stellte sich Watteia besonders nett vor. Aber natürlich durfte er auch himmelblau sein und das passte vielleicht sogar noch besser zu einem Besieger des Regens. Es war schon wirklich ein dummes Gelübde, das er da abgelegt hatte und das es ihm verbot, seine Rüstung vor der Hochzeit abzulegen. Aber andererseits war es auch wieder geheimnisvoll und spannend.

Dann sann sie noch darüber nach, welcher Puder ihr zur Hochzeit am besten stehen würde. Vielleicht ein zinnoberroter? Und ins Wattehaar würde sie sich die kleinen Schmetterlingsorchideen flechten, die so betäubend dufteten … und hoffentlich wurde der traumhafte, aus siebenundsiebzigtausend Wattefädchen gewebte Schleier rechtzeitig fertig … Ach, wenn der große Tag doch nur schon käme!

Sie schloss die Augen, um besser träumen zu können, sie schubste die Dose mit der Fußspitze vom Bambusstab ab und versetzte sie in sanfte Schwingungen. Sie schaukelte hin und her – so schaukelte sie sich schließlich in den Schlaf.

Wattemutter konnte weder die Augen schließen noch schaukelte sie noch freute sie sich. In ihrer Bettdose eingerollt, machte sie sich Sorgen. Ihr zukünftiger Schwiegersohn war ihr so unheimlich geworden. Heute hatte er einmal etwas gemurmelt, was wie: »Ich werde künftig alles anders machen« klang. Und: »Der Schlendrian muss aufhören.« Und: »Höchste Zeit für eine feste Hand.«

»Feste Hand« – das war schon so ein Ausdruck, bei dem sich einem die Wattespitzchen sträuben konnten. Es genügte ja, sich seine Metallhandschuhe anzusehen. O Wattel! Was mochte für ein Unhold in dem Harnisch verborgen sein – ein Orang-Utang oder ein Watte fressendes Rieseninsekt. Nie, nie wieder würde sie ihre Tochter jemandem versprechen, von dem sie nicht wenigstens die Hand oder den Fuß gesehen hatte … Aber nun war es zu spät, sie hatte ja keine andere Tochter mehr.

Eigentlich hätte sich Don Blech über Wattemutters Sorgen freuen können. Leider wusste er nichts von ihnen. Er war ja kein Hellseher.

Er schlenderte unauffällig und gleichmütig an den Zelthäusern vorbei durch die halbdunklen Straßen von Wattelstadt. Er wollte nun wieder zurück zu den Freunden.

Noch immer schwebten einzelne Wattels zu den Oberstübchen empor. Sanft strahlten die von innen erleuchteten Zeltwände – es war hübsch hier. Nur ein Haus war dunkel, es glich einer Pyramide. Es stand dicht neben der Wattepalasttreppe und hatte kein Oberstübchen wie die anderen.

Darüber wunderte sich Don Blech und grübelte, was es wohl für eine Bewandtnis mit ihm habe. Etwas Düsteres ging von ihm aus. Er blieb stehen und hob den Einschlupf.

Drinnen saß eine Gestalt auf dem Boden, die Beine lang ausgestreckt, mit kerzengerade aufgerichtetem Rücken.

Sie machte eine drohende Bewegung mit der Hand und klapperte blechern: »Was erlaubst du dir? Raus, wattiges Gesindel!«

Da antwortete Don Blech nicht, er ließ den Zipfel fallen und rannte davon. Zwar fürchtete er sich nicht vor Junker Hohlkopf, obwohl er jetzt nicht für einen Kampf gerüstet war. Doch erkannt werden wollte er um keinen Preis.

Junker Hohlkopf hatte auch keinen Verdacht und war zufrieden, den Neugierigen so schnell in die Flucht geschlagen zu haben. Man hatte eben Respekt vor ihm. Er lehnte sich erneut zurück und verbrachte die Nacht regungslos.

Don Blech aber kam etwas außer Atem in der stillen Bucht an.

Er war froh, die Watteverkleidung wieder ablegen zu können. Die feinen Haare hatten ihn überall gekitzelt, sogar unter dem Hemd auf der Haut.

Er legte Rechenschaft ab: »Eigentlich habe ich zu wenig erreicht. Zwar weiß ich, dass Junker Hohlkopf Watteia heiraten wird, aber leider habe ich ganz vergessen zu fragen, wann! – Es wäre vielleicht auch zu auffällig gewesen, denn sicher gibt es keinen Wattel, der das nicht weiß. Wir brauchen wohl noch einen anderen Kundschafter.«

»Gibt es einen See in der Stadt?«, fragte Nassi. »Dann schwimme ich gleich hin. Ich bin ein sehr guter Kundschafter und sicher füttert mich Wattemutter mit Zuckerwatte!«

»Ja, du wärest der beste Kundschafter, den man sich

wünschen könnte – zum Aufspüren aller Arten von Süßigkeiten, nicht aber für uns«, lachte Donito.

Paprikel bot sich an und man überlegte, ob er nicht der Richtige sei. An Klugheit übertraf ihn ja kaum einer. »Ich werde mich irgendwo verbergen, ich werde herauskriegen, wann die Hochzeit ist, an welchem Tag, zu welcher Stunde. Ich werde mir überlegen, wie man Junker Hohlkopf vorher als Lügner entlarven könnte. Ich will die Stadt kennen lernen und mir überlegen, wie man sie vor Regen schützen kann und wie man die Wattels trocken hält. Nur Junker Hohlkopf zu begegnen wäre mir unheimlich.«

»Dann bleib lieber hier«, meinte Don Blech.

Donito schlug vor: »Ich will mich als Klein-Wattoneon verkleiden, ich werde städtischer Fusselaufklauber und Fädcheneinsammler. Ha, die Stadt wird wieder blitzen und blinken …«

»Und warum geht dann nicht lieber Klein-Wattoneon selbst?«, fragte Paprikel. »Ihn kann man jedenfalls nicht für einen anderen halten, er braucht sich nicht zu verkleiden.«

»Ja, könnten wir dich darum bitten?«, fragte Don Blech.

Klein-Wattoneon nickte. »Zwar wollte ich nie wieder nach Wattelstadt zurückgehen. Aber durch euer Kommen hat sich das geändert. Ich helfe euch und mir.«

So wurde man sich einig, dass Klein-Wattoneon am nächsten Morgen in die Stadt zurückkehren sollte, um seine alte Tätigkeit wieder aufzunehmen. Er hoffte nur, dass noch niemand seinen Abschiedszettel gefunden hatte, das wäre ihm peinlich gewesen und man hätte ihn womöglich gefragt, warum er wiederkäme. Paprikel aber ärgerte sich. Er dachte, man sei zu leichtherzig über sein Angebot hinweggegangen. Er war bestimmt der einzig richtige Kundschafter. Und in der Nacht, als er allein unter einem Baum lag, konnte er nicht schlafen. Er schaute in den Sternenhimmel hinauf und seine Wissbegier wurde riesengroß. Er wollte die Zeltstadt mit den Oberstübchen kennen lernen.

Und damit ihn niemand zurückhielt, stand er im Morgengrauen, als die anderen noch schliefen, leise auf um fortzugehen.

Leider vergaß er, sich in Baumwollfasern einzuhüllen. Da hatte ihn sein Scharfsinn einmal gründlich verlassen.

Ungeduld

Junker Hohlkopf hatte die Nacht sitzend verbracht, an die Zeltwand gelehnt, so, wie er jede Nacht verbrachte. Er saß aufrecht da, regungslos. Er schlief nicht, aber er wachte auch nicht. Er wartete einfach, wartete, dass die Nacht verging, dass die Stadt wieder lebendig wurde und der Tag mit neuer Tätigkeit erfüllt werden musste.

Und gegenwärtig wartete er besonders ungeduldig auf den Tag der Hochzeit. Er ärgerte sich, dass er selbst vorgeschlagen hatte, dass sie erst in acht Tagen sein sollte.

Nun waren es immer noch fünf Sonnenauf- und -untergänge.

Er dachte auch kurz an den nächtlichen Störer, der die Zeltwand gelüpft hatte. Bisher war noch nie ein Wattel so vorwitzig gewesen. War der Vorwitzige nicht auch größer gewesen, kräftiger als die anderen? Am Ende war es gar kein Wattel? Doch wer sonst? Manchmal beunruhigte ihn der Gedanke, dass Don Blech ihm wieder auf den Fersen sein könnte. Am liebsten sähe er ihn nie wieder. Und wenn, so wollte er zuerst verheiratet sein.

Und dann fiel ihm Scheppertonne ein. Es war doch lästig, immer auf den eigenen Füßen zu stapfen. Seine Gelenke lechzten nach Öl. Ob er einen Wattel auffordern könnte, ihm zu helfen? Oder doch lieber nicht, denn wenn der sein Geheimnis entdeckte, war es womöglich aus mit der Hochzeit. Wer will schon jemanden heiraten, der in einer goldenen Rüstung nicht zu finden ist.

Sehr ungern stolzierte er so schnarrend und klappernd umher. Hoch zu Ross war er schöner und eindrucksvoller. Und dann war Scheppertonne ja auch die Einzige, mit der er sich offen unterhalten konnte. Sie waren durch ein gemeinsames Schicksal aneinander gebunden. Gewiss, sie widersprach ihm oft. Sie war ängstlich und ging Schwierigkeiten gern aus dem Weg. Aber trotzdem – sie wäre ein Gesprächspartner gewesen.

Wie mochte es ihr jetzt gehen? Wusste sie vielleicht gar nichts von sich selbst, von dieser Zeit, weil sie irgendwo auseinander genommen lag? Wie merkwürdig war das – einmal war man und einmal war man wieder nicht …

Junker Hohlkopf verwünschte die Nacht mit ihren Gedanken, die ihn peinigten, als ob Ameisen in seinem hohlen Kopf herumkrabbelten.

Als es endlich hell wurde, als die Wattels aus ihren Behausungen kamen und als die Sonne feurig emporstieg, verließ auch Junker Hohlkopf sein Zelt und schaute – wie jeden Morgen – an den Himmel. Wie gut, nirgends war ein Wölkchen zu sehen. Mindestens bis zur Hochzeit durfte es nicht regnen. Nun, für heute bestand also keine Gefahr.

Er war zufrieden. Seine Missstimmung milderte sich. Er streckte seine hohlen Glieder, ließ seine Gelenke und Scharniere knacken, machte Kniebeugen, winkelte die Arme an, übte später noch einige Paraden und Ausfälle mit dem Schwert. So brachte er sich in eine ritterliche Form, so trimmte er sich für den Tag.

Danach ging er zum Wattepalast. Er wollte am Frühstück seiner Braut und seiner zukünftigen Schwiegermutter auch heute wenigstens als Beobachter teilnehmen.

Auf dem kurzen Weg fiel ihm jedoch ein kleiner Kerl auf, der sich mit Zange und Schaufel dicht bei seinem Zelt zu schaffen machte. Der kam ihm bekannt vor. Er stutzte. Der Kleine ließ sich nicht stören, fuhr eifrig fort, Winzigkeiten vom Boden aufzulesen und in seine ebenso winzige Karre zu werfen. Teilchen, die Fädchen oder Fusselchen sein mochten, hie und da mal ein Papierschnitzel, ein altes Blatt oder ein kleiner Zweig. Junker Hohlkopf fand es sinnlos, all dies von der Straße zu entfernen, ein sinnloser Schnickschnack. Aber so war es eben: Wenn ein Volk sich keine großen, kriegerischen Aufgaben stellte, dann verzettelte es sich mit Nichtigkeiten.

Eifrig war der Kleine ja. Und doch schaute er immer wieder zu ihm her.

Junker Hohlkopf ging auf ihn zu und fragte: »Was machst du hier?«

»Ich mache sauber.«

»Warum gerade heute?«

»Warum nicht? – Zur Hochzeit soll doch alles blitzblank sein. Ich hoffe nur, dass es bis dahin nicht wieder regnet!«

Junker Hohlkopf erschrak. Bisher hatte es niemand gewagt, an seinem Sieg zu zweifeln. Er hätte den Kleinen am liebsten zerfetzt, nahm sich aber zusammen und verschob die Rache auf den Tag nach der Hochzeit. Jeden wollte er hinrichten, der an ihm zweifelte oder ihn ärgerte.

Er beeilte sich nun, in den Wattepalast zu kommen. Ob man nicht doch noch früher heiraten könnte, übermorgen oder morgen oder am besten noch heute?

Am Frühstückstisch war er noch unruhiger, als Wattemutter es von ihm gewöhnt war. Während sie und Watteia die Orangen auslöffelten, saß er da, konnte die Arme nicht stillhalten und fing zu raunzen an: »Kann man nicht auf die ganze Feierlichkeit verzichten? Watteia soll gleich meine Frau werden.«

»Du Armer«, sagte Watteia. »Das kommt nun von deinem dummen Gelübde: Sicher hast du schrecklichen Hunger und kannst deswegen nicht mehr warten. Aber ich will eine Hochzeit, die richtig schön ist, man heiratet schließlich nur einmal im Leben.«

»Schnickschnak!«, sagte er.

»Streitet euch nicht!«, bat Wattemutter. »Wie soll das erst später werden, wenn ihr jetzt schon so anfangt.«

»Nach der Hochzeit wird nicht gestritten, danach wird nur noch gemacht, was ich anordne«, meinte Junker Hohlkopf kühl.

»Und was wäre das?«, fragte Watteia schnippisch.

»Nun, zum Beispiel werden alle Oberstübchen abgerissen, auch deines. Jawohl! Es wird nur noch auf dem Erdboden gewohnt. Ich kann nicht schweben, also dürfen es andere auch nicht.«

»Unmöglich!«, rief Watteia und schluchzte sehr heftig, aber ohne eine Träne zu vergießen.

Junker Hohlkopf erkannte, dass er zu weit gegangen war. Fast hätte er sich verraten. »Es war ja nur ein Scherz!«, klapperte sein Kinnreff. Aber Wattemutter und Watteia blickten sich verschreckt an und hatten ihre Zweifel.

Das Frühstück ging schweigsam zu Ende. Dann verabschiedete sich Junker Hohlkopf kurz, barsch und militärisch. Er wollte durch die Stadt streifen. Er wollte prüfen und überlegen, was alles geändert werden sollte, wenn er der Herr in Wattelland war. Vor allem brauchte er Soldaten und einen Scharfrichter.

Ein Gemüse

Durch die Straßen wuselte eine Art von gurkenförmigem Gemüse. Es hörte auf den Namen Paprikel und trug eine Brille. Die Brille brauchte es, um besser sehen zu können. Allgemein gehört so ein Hilfsmittel zu scharfsinnigen Leuten. Allerdings ist sie auch keine Garantie dafür, dass einen der Verstand nicht doch manchmal verlässt. Da Paprikel vergessen hatte, sich in Baumwollfasern zu hüllen, sah er den Wattels überhaupt nicht ähnlich. Er trug eine grünliche, verschrumpelte Haut durch die Gassen.

Zunächst fiel ihm sein Versäumnis selbst nicht auf. Die Wattels ließen ihn es auch nicht fühlen, sie waren ja so harmlose Geschöpfe, Zweifel und Misstrauen waren ihnen fremd. Sie wunderten sich immer erst über sein fremdes Aussehen, wenn er ihnen schon längst wieder aus den Augen gekommen war. Dann blieben sie wohl stehen, kratzten sich unter der Watte und dachten: Wer war denn das? Wie sah denn der aus? Und wo ist er jetzt?

Nun, er war eben schon um die nächste Ecke gebogen. Die anderen, die glücklich in der Luft herumschwebten, beachteten Paprikel gleich gar nicht. Sie schauten in den blauen Himmel und nicht auf die Erde.

Umso mehr freilich blickte er sich um und auch in die Höhe. Alles hier verwunderte und verblüffte ihn: die bunte Zeltstadt, die vielen Fahnen und Wimpel, die Gassen, manche Verkaufsstände und vor allem die lustigen Oberstübchen. Aber er sah nicht nur verwundert herum, vor allem überlegte er sich viel.

Zu gerne wäre er in ein Oberstübchen hinaufgeklettert. Doch die Strickleitern sahen so dünn aus und sie schwankten so ungehindert hin und her, so baumelig. Er unterließ einen Versuch, er war ja kein Trapezkünstler. Auch hatte ihn niemand eingeladen und er war womöglich gar nicht erwünscht.

Sehr schwer konnte man sich in dieser leichten, schwebenden und wattigen Welt den harten, klappernden Junker Hohlkopf vorstellen.

Ja, da fiel er ihm wieder ein. Vor lauter Schauen und Staunen hatte Paprikel ihn eine Weile vergessen. Nun aber wurde er sehr nachdrücklich an ihn erinnert, man könnte fast sagen, auf ihn gestoßen. Kaum hatte er nämlich den vertrackten Namen gedacht, da hörte er es auch bereits scheppern und rumpeln, rattern und knarren.

Paprikel fühlte die Gefahr, in die er geriet, sofort körperlich. Oh, er kannte Junker Hohlkopf, unseligen Angedenkens. Und was noch schlimmer war, Junker Hohlkopf kannte ihn! Ach, und plötzlich wurde ihm bewusst, dass er sich heimlich aus dem Staub gemacht hatte, aus der stillen Bucht, dass Don Blech nicht wusste, wo er war … niemand konnte ihm zu Hilfe eilen … sein ganzer Scharfsinn war plötzlich wie weggeblasen … und das Scheppern kam immer näher … Wo sich verstecken …?

Er war so entsetzt, ihm fiel nichts anderes ein, als sich am Straßenrand zusammenzukauern und sich tot zu stellen. Ganz steif war er vor Angst. Er spürte nun die stampfenden Tritte sehr dicht, er zitterte, er schloss die Augen und verbarg den Kopf in den Händchen. Jetzt blieben die Schritte stehen, alles war still, der Boden bebte nicht mehr. Und dann quietschte es, wie wenn ungeölte Gelenke bewegt werden, und dann klapperte es und dann tönte es: »Welch eine Überraschung! Finde ich da doch ein neues und seltenes Gemüse … o ja, ich kenne es, es ist mir bekannt, sehr bekannt! Eine Gurkenfrucht ist es, sagen wir besser: eine Art Paprika. Oder sollte es eine Melone sein, ein Kürbis? Wie dem auch sei – auf jeden Fall ist es wohlschmeckend. Und Wattemutter wird sich über die seltene Bereicherung ihres Küchenzettels gewiss sehr freuen.«

Das muss ein böser Traum sein, dachte Paprikel. Doch gleich darauf fühlte er, wie sich harte Eisenfinger in seine weiche Haut pressten und ihn aufhoben. Er schloss die Augen fest, keinesfalls wollte er dem Ungeheuer ins Gesicht blicken. Zu seinem Trost durchzuckte ihn der Gedanke, dass dieses Scheusal aus Metall selbst nichts aß. So drohte ihm wenigstens keine Gefahr, gleich verschluckt zu werden. Und vielleicht aß Wattemutter Gurken und Kürbisfrüchte nicht gern, dann ging vielleicht alles noch einmal gut und er wurde unangeknabbert auf den Müll geworfen, von wo er sich heimlich davonstehlen konnte.

Andererseits dachte er auch, dass er nun auf jeden Fall in den Wattepalast käme. Zu allen Zeiten bedienten sich ja die Spione der sonderbarsten Tricks, um in die feindliche Festung zu gelangen Warum also nicht auch einmal als Gemüse. Er hätte es – so betrachtet – gar nicht geschickter und listiger anstellen können.

Nur wusste Paprikel nicht, dass Junker Hohlkopf ihn nicht für ein Gemüse hielt. Er hatte in ihm den unseligen Handwerker schnell erkannt, der ihm vor kurzer Zeit erst den Kopf verkehrt herum aufgesetzt hatte.

Das vergaß er so schnell nicht.

Nun wusste er: Don Blech war in der Nähe. Und er wollte den vorwitzigen Paprikel als Geisel benutzen, als Unterpfand für … nun, es würde ihm sicher etwas einfallen. Er beschloss, sich erst einmal nichts anmerken zu lassen und seine Beute kräftig einzuschüchtern. Die Sonne war inzwischen am Himmel emporgeklettert. Schon kam die Zeit des Mittagsmahles. Salate gab es da, auserlesene Südfrüchte, Obst und Nüsse.

Junker Hohlkopf kam ein wenig zu spät in den Wattepalast. Wattemutter und Watteia saßen bereits an der Tafel und überlegten, ob sie ohne ihn anfangen sollten. Er aß ja sowieso nichts. Oder war es doch schicklicher, zu warten? Man war so gereizt nach dem Frühstück auseinander gegangen, da wären sie vielleicht ganz gern allein geblieben. Aber Watteia machte sich doch auch Sorgen um ihren Gebieter, sie sehnte sich nach einer herzlichen Versöhnung – wie das ebenso geht unter Liebesleuten, die sich gezankt haben.

Nun, die Frage löste sich von selbst, Wattemutter und Watteia brauchten nicht länger mit begierigen Augen vor den Genüssen der Tafel zu sitzen. Der Gefürchtete, der Ersehnte – er kam!

Lügen und Wahrheiten

Junker Hohlkopf kündigte sich durch laute Geräusche an. Bum, bum, bum – er trat energisch auf, war gar nicht schüchtern und schien es eilig zu haben. Wollte auch er schnell Frieden stiften?

Nein, der Junker ging rasch in die Küche. Dort nahm er seinen Schild, drehte ihn um und platzierte auf ihm das

seltene Gemüse kunstvoll. Paprikel ließ alles mit gemischten Gefühlen über sich ergehen. Aber übel wurde ihm, als Junker Hohlkopf Essig und Öl auf die köstliche Frucht goss und nicht zu knapp Pfeffer darüber streute.

Paprikel war nahe daran, aufzuheulen und sich zu erkennen zu geben. Fast leblos presste er die Händchen vor die Augen. Der Pfeffer brannte abscheulich und machte aus dem Essig und dem Öl eine teils ätzende, teils glibbrige Schmiere, die ihm gräuslich über den Rücken rann.

Glücklicherweise lag er auf dem Bauch, mit dem Rücken nach oben, wie ein angerichtetes Spanferkel.

Nachdem er so köstlich präpariert worden war und um ihn herum die Salatsoße schwamm, trug ihn Junker Hohlkopf persönlich in den Speisesaal. Dem Junker war dabei sein an der Hüfte baumelndes Schwert äußerst hinderlich, da es ihm oft zwischen die Beine kam, während er doch den Schild mit beiden Händen tragen musste. Er hielt ihn auch nicht immer ganz gerade, schließlich war er kein gelernter Kellner, ein wenig Öl tropfte auf den Fußboden, und nicht viel hätte gefehlt und Paprikel wäre herabgeschliddert. Insgeheim wünschte er sich sogar einen kleinen Unfall, dann hätte er aufspringen und davonlaufen können, wie ein fälschlich für tot gehaltener Hasenbraten.

Aber Junker Hohlkopf stellte den umgekehrten Schild wohlbehalten auf den Tisch. Nur ein Öltröpfchen beschmutzte Watteias köstliche Wattebrust. »Oh«, machte sie und »oh«, machte auch Wattemutter und kriegte runde Augen, denn so eine Frucht hatte sie noch niemals gesehen. Sie sagte: »Was ist das, mein Herr Junker?«

Er antwortete: »Das ist eines der köstlichsten Gemüse, welches die Erde hervorgebracht hat. Bisher glaubte ich, es wüchse nur im Lande Gurkonien, das ich vor nicht allzu langer Zeit einmal von einem grimmigen Vogel befreite …«

Ach, du Schuft, du Lügner, dachte Paprikel und fühlte, dass sich trotz Öl, Essig und Pfeffer seine Lebensgeister wieder regten.

Junker Hohlkopf fuhr ratternd fort: »Ich habe dieses Früchtchen zu meiner Freude im Straßengraben gefunden. Man wird es in Zukunft wohl hier züchten und ich glaube, dass es eines Tages Volksnahrungsmittel wird, haha!«

»Wie heißt es denn?«, wollte Wattemutter wissen.

»Pappapp«, sagte Junker Hohlkopf, was sich recht ulkig aus dem Kinnreff anhörte, so, wie wenn eine Mausefalle zweimal hintereinander zuschnappt.

»Und wie isst man es?«

»Man sticht mit der Gabel oben hinein und trennt die Frucht mit dem Messer auseinander. Dann kann man das Innere mit dem Löffel herauslösen und ausschlürfen ...«

Wattemutter nahm die Gabel, wie es ihr Junker Hohlkopf empfohlen hatte, und Watteia zückte das Messer. Wattemutter fragte: »Aber diese seltene Köstlichkeit werdet Ihr doch ausnahmsweise mit uns essen?«

»Vielleicht breche ich mein Gelübde«, antwortete Junker Hohlkopf zum Schein. Es sah so aus, als wollte auch er nach einer Gabel greifen.

Da schrie Paprikel in höchster Not: »Nein!« Er richtete sich in dem glibbrigen Schild auf seine Knie auf, faltete die Hände und flehte um sein Leben.

Wattemutter ließ die Gabel fallen und Watteia das Messer und beide sagten verwundert: »Das ist wirklich eine seltsame Frucht, Junker.«

»Nininininininicht stechen!«, jammerte Paprikel und seine Augen tränten, denn ihn biss der Pfeffer.

»Sollte ich mich so geirrt haben?«, raunzte der Junker. Er ließ sich am Tisch nieder, richtete aber gleichzeitig seine Schwertspitze auf Paprikels Bauch, damit ihm seine wertvolle Geisel nicht entwischte.

Paprikel versuchte die Schwertspitze mit den Händen ein wenig beiseite zu schieben. Er schrie dem goldenen Junker mit dem Mut der Verzweiflung ins Visier: »Ja, ja, Ihr habt Euch geirrt. Seht mich nur genauer an. Ich bin es, Paprikel, der Berater seiner Majestät Gurkigel des Rankigen, und ich habe Euch einmal die richtige Gestalt wiedergegeben, indem ich Euch das Haupt aufsetzte ...«

»Du brauchst mich nicht daran zu erinnern«, grollte der goldene Junker.

»Wie soll ich das verstehen?«, fragte Wattemutter verwundert. »Ist das wahr? Und behandelt man so einen … einen Lebensretter?«

»Die ganze Geschichte ist erlogen«, antwortete Junker Hohlkopf. »In Wirklichkeit habe ich das Volk der Gurkonier aus schwerer Bedrängnis befreit. Aber ich bin zu bescheiden, mich damit zu brüsten. Es ist ja auch nicht wichtig. Reden wir also nicht darüber. Vielmehr gelüstet es mich zu erfahren, auf welche Weise dieser obstähnliche Geselle und Gurkenkönigberater nach Wattelland gelangte.« Er erhob seine Stimme und brüllte Paprikel an: »Sprich, Schurke, du bist doch nicht alleine hier? Sag die Wahrheit oder deine letzte Stunde ist gekommen!«

»Oh, redet doch nicht so schrecklich laut, Junker«, wagte Wattemutter zu äußern. Sie war fast so erschrocken über Junker Hohlkopfs Ausbruch, wie Paprikel selbst.

Paprikel fasste das als günstiges Zeichen auf. Wenn irgendwoher, dann konnte ihm nur von der wattigen Dame Hilfe kommen. Er drehte sein verschmiertes Gesicht Wattemutter zu und flüsterte: »Hohe Frau …« – noch niemals war Wattemutter so feierlich angesprochen worden – »Majestät oder Wattestät oder wie immer man hier sagt: Ich bitte Euch, hört mich an. Was ich sage, ist die reine Wahrheit. Und wenn es mich auch das Leben kosten sollte, ich muss doch heraus damit. Dieser Junker ist gar kein Junker, denn ich habe in seinen hohlen Helm geschaut …«

»Schweig, du Lebensmüder«, schrie Junker Hohlkopf.

»Eben wünschtet Ihr aber noch, dass er rede«, versuchte ihn Wattemutter zurechtzuweisen.

Paprikel fuhr mutig fort: »Ja, er ist kein Junker, denn er ist innen hohl. Und wenn doch etwas in ihm sein sollte, so ist es nur Bosheit. Und daher bin ich auch mit meinem Freunde Don Blech hierher gekommen, um Euch vor ihm zu erretten. Er behauptet, er habe den Regen besiegt und will Eure reizende Tochter Watteia heiraten. Doch das stimmt nicht. Der Regen hat sich von alleine verzogen, wie er jedes Mal wieder vergeht und irgendwann wiederkommt, ganz so, als ob der so genannte Junker Hohlkopf niemals sein Schwert gegen ihn gerichtet hätte.«

Nun klapperte Junker Hohlkopf sehr erregt mit dem Kinnreff – wie wir mit den Zähnen. Mit so viel Unverschämtheit hatte er nicht gerechnet. Und Wattemutter schaute verlegen zur Seite. Noch verlegener aber war Watteia. Zu gerne hätte sie ihrem Bräutigam unter das Visier geschaut.

Eine Erpressung

Paprikel nutzte die Sprachlosigkiet des goldenen Junkers geschickt aus. Zunächst versuchte er, sich zu erheben, schlidderte aber wieder hin. Doch gelang es ihm wenigstens, auf einem Knie Halt zu finden. Früher erwiesen die Knappen so den Damen ihre Verehrung. Und in dieser anmutigen Stellung fuhr er eifrig zu reden fort: »Immer lügt er, dieser Mensch: Ach nein, er ist ja kein Mensch, er ist nicht einmal ein Wesen, das ist das Sonderbare an ihm. Vielleicht kann einer, der gar nicht ist, auch gar nicht lügen, aber das soll uns heute nicht kümmern, ich werde später darüber nachdenken. – Hat er nicht behauptet, er hätte unser Volk vor dem grimmigen, glutroten Vogel gerettet? Doch nein, nicht er war es, er wollte sogar noch grausamer über uns herrschen. Das hat er uns selber gesagt. Und so will er es auch mit Euch machen. Jetzt verstellt er sich nur. – Nicht er also hat uns befreit, mein Freund Don Blech war es. Und ohne mich liefe dieser Unhold heute sogar noch mit einem Pferdekopf herum, ja, so ist das!«

Nun hatte Junker Hohlkpf endlich genug, er fand die Sprache wieder und donnerte Paprikel an: »Schweig oder du bist gleich kein Schwätzer mehr, sondern ein aufgespießter Pappapp …«

»Paprikel, wenn ich bitten darf«, sagte der Berater seiner Gurkestät mit Würde.

Und Wattemutter hob erregt die Hände und sagte bebend: »Ich wünsche, dass er weiterspricht. Auch wenn es nicht wahr ist, finde ich es doch interessant. Wir haben so wenig Unterhaltung in Wattelland.«

Junker Hohlkopf schwieg. Allerdings weniger aus Rücksicht, als aus kühler Berechnung. Er brauchte Paprikel ja noch – Paprikel war ungefährlich: Don Blech wollte er haben. Freilich, Watteia sah ihn mit so verzweifelten Augen an, dass er in seiner Rüstung hätte erschauern müssen, wenn er es nur gekonnt hätte – ihre Blicke schienen seine Rüstung durchbohren zu wollen.

Paprikel sprach weiter. Und seine Stimme klang wieder etwas zuversichtlicher, nicht mehr so piepsig.

»Wie ich eben schon sagte, ist dieser leere Topf dort ein Lügner, ich bin es nicht. Ist er vielleicht nicht hohl? Hat schon eine der Damen in sein Inneres geblickt? Nein, bestimmt nicht! Das ist nämlich nichts, ich weiß es aus eigener Anschauung. Zum Beispiel: Isst und trinkt er etwas ...?«

Nein, nein – dachte Watteia, das tut er wirklich nicht.

»Er kann und braucht es auch nicht. Und es wäre auch nicht schlimm, wenn er ein liebenswürdiges Nichts wäre. Doch das Gegenteil ist der Fall. Er ist die reine Bosheit. Und nun behauptet er, den Regen überwunden zu haben, dass ich nicht lache!«

»Wir waren so glücklich darüber!«, sagte Wattemutter matt. Das alles ging über ihre Kraft.

»Schon möglich, hohe Wattefrau, schon möglich. Aber was besagt das? Gar nichts. Den Regen schlagen, ihn vertreiben, ist nämlich unmöglich. Zum Glück, wäre es doch sehr schlecht für uns alle, für die Pflanzen und für jedes Leben. Wir brauchen den Regen, Allergnädigste, und Sie brauchen ihn auch!«

»Das klingt reichlich töricht! Regen macht nur nass.«

»Nein, Regen tränkt und ernährt die Pflanzen, ohne die wir verhungern müssen. Ihr seid keine Gärtner, sonst wüsstet ihr das. Und verdursten müsstet ihr auch, das ist doch sonnenklar.«

»Nein! Sonnenklar ist nur, dass der Regen unsere Häuser durchnässt und unsere Wattehaut. Er hindert und am Schweben, erzeugt Matsch und Pfützen und alles, was scheußlich ist.«

»Ach, entschuldigen Sie schon, aber das ist ja der bare Aberglaube«, schrie Paprikel. Seine Stimme überschlug sich.

»Ich verbitte mir eine solch beleidigende Bemerkung«, antwortete Wattemutter.

»Entschuldigung«, murmelte Paprikel. Immer war es so schwer, hohen Herrschaften gegenüber die Wahrheit zu vertreten, lästig! Und jetzt musste er es noch dazu unter so gefährlichen Bedingungen tun, nämlich mit Junker Hohlkopfs Schwertspitze am Bauch: doppelt schrecklich. »Vielleicht werden Sie mir glauben, wenn die Wolken wieder aufziehen und die ersten Regentropfen fallen«, zeterte er.

»Ich bestehe darauf, dass noch heute geheiratet wird«, rief Junker Hohlkopf.

Unbeirrt redete Paprikel weiter, er war jetzt so richtig in Schwung geraten. »Dann, beim nächsten Regen, werden Sie Ihren Irrtum einsehen und mir Abbitte leisten, aber dann ist es zu spät, weil die reizende junge Wattedame dann schon die Frau einer leeren Rüstung ist, von der Wattelland versklavt wird ...«

»Ich will sofort, noch in dieser Minute heiraten!«, rief Junker Hohlkopf.

»Natürlich hat er es eilig«, kreischte Paprikel, »aber nicht aus Liebe, sondern aus Angst, es könnte vorher ein Unwetter geben.«

»Lächerlich, ich liebe Watteia innig und halte es vor Sehnsucht kaum noch aus«, log Junker Hohlkopf.

»Ich kann mein Versprechen nicht zurücknehmen«, murmelte Wattemutter bedrückt. »Es ist kein Tropfen mehr vom Himmel gefallen, wir haben seinen Kampf mit eigenen Augen beobachtet, haben gesehen, wie die Wolken fluchtartig davongezogen sind. Die Sonne scheint und scheint. Die Sonne spricht gegen dich – es muss Hochzeit gemacht werden …« So sagte sie, aber in Wahrheit hatte Wattemutter sehr große Angst vor Junker Hohlkopfs Rache, wenn sie es sich etwa anders überlegen sollte.

Junker Hohlkopf fiel ein Stein vom nicht vorhandenen Herzen.

Und Wattemutter fuhr fort: »Dir aber rate ich, das Land schnell zu verlassen, und nimm deine Freunde mit, die wir nicht kennen. Unter sehr sonderbaren Umständen bist du auf unseren Tisch gekommen und hast Angst ausgestanden. Das wollen wir dir zugute halten.«

»Ich widerspreche!«, sagte Junker Hohlkopf, nun wieder kühner.

»Noch bin ich die Regentin«, sagte Wattemutter.

»Aber du, Pappapp …«

»Paprikel, wenn ich bitten dürfte.«

»Du also, Paprikel, verschwinde, ehe die Hochzeit gefeiert wird. Bis dahin kann ich dich vielleicht noch schützen, später nicht mehr.«

»Da bleibt mir nur die Hoffnung, dass es vorher eine Sintflut gibt«, schrie Paprikel aufgebracht. So viel Unbelehrbarkeit konnte er nicht verstehen.

Junker Hohlkopf schrie auch: »Ich verlange die Bestrafung des Lügners!« – Aber Wattemutter hatte ihm ja bereits die Freiheit versprochen. Da legte Junker Hohlkopf sein Schwert quer, wie ein unübersteigbares Hindernis, und sagte: »Also höre, Pappapp, ich lasse dich nicht weg. Es sei denn, man erfüllt mir eine Bedingung: Hat Don Blech mein Pferd Scheppertonne mitgebracht?«

»Ja ... jawohl, es liegt im Seefalter, das heißt, sein Kopf und Rumpf liegen dort.«

»Nun gut, Don Blech soll die Teile zusammenfügen. Ich werde ihm eine Botschaft schicken. Er soll Scheppertonne als ein Ganzes und lebendig zu mir senden. Dann gebe ich dich frei. Pferd gegen Paprikel – oder es gibt Paprikasalat!«

Ein Botschafter

Dieser Entschlossenheit vermoche Wattemutter nichts entgegenzusetzen. Sie war so unsicher. Wer hatte hier Recht? Vielleicht war die Bedingung des Junkers sogar annehmbar, weil durch ihre Erfüllung das Leben des Gastes auf der Salatschüssel gerettet wurde. Wenn die Fremden das Pferd des goldenen Junkers festhielten, dann sollten sie es ruhig herausgeben, das war wohl nur recht und billig. Sie nickte also, sie nickte auch noch, als Junker Hohlkopf sagte: »So lange, bis Scheppertonne wohlbehalten bei mir eintrifft, so lange bleibst du mein Gefangener.«

»Ich bleibe lieber der Gefangene dieser freundlichen Damen«, antwortete Paprikel. Er war froh, die erste Gefahr überstanden zu haben, er fing an sich das Öl aus dem Gesicht zu wischen, freilich mit wenig Erfolg, denn seine Hände waren ja auch voller Tunke.

»Ich lasse dich trocken pudern«, schlug Wattemutter vor. Sie klingelte dem Obereinpuderer.

Watteia war von allem, was sie angehört hatte, recht durcheinander. Was war das nun für ein Mann, der ihr Mann werden sollte? Sie liebte ihn immer weniger. Aber nun bekam er ein Pferd. Das war fein, das machte ihr Eindruck, das fand sie ritterlich, das war aufregend. Niemand sonst hatte hier eines. Sie freute sich darauf. »Wie können wir aber den Freund des gemüseartigen Menschen erreichen, um ihm zu sagen, dass er das Pferd bringen muss?«, überlegte sie.

Der Obereinpuderer kam. Wattemutter ordnete an, Paprikel trocken zu pudern.

»Ich würde mich lieber waschen, mit Wasser …«, sagte dieser.

»Waschen? Und mit Wasser«, riefen Wattemutter und Watteia gemeinsam und entsetzt.

»Wir machen das so«, entschuldigte sich Paprikel. »Aber wenn es hier so Sitte ist, dann lassen Sie mich eben pudern. Hauptsache, ich schmiere nicht mehr. – Und wegen des Boten zu Don Blech – da kann ich Ihnen wohl helfen. Es gibt hier einen Straßenkehrer, einen ganz kleinen Kerl, der kennt den Weg …«

»Einen Straßenkehrer?«

»Er meint wohl den städtischen Fusselaufklauber und Fädcheneinsammler, Klein-Wattoneon«, half der Obereinpuderer. »Soll ich den Gast gleich hier auf der Platte überstäuben?«

»Im Puderzimmer natürlich«, sagte Wattemutter.

»Und in meiner Gegenwart«, rief Junker Hohlkopf und fuchtelte drohend mit dem Schwert.

»Dann muss der Herr Junker den Gefangenen begleiten«, sagte Wattemutter.

»Ach, bleibt mir denn gar nichts erspart«, jammerte Paprikel.

»Ab mit dir«, rief Junker Hohlkopf barsch.

Paprikel kletterte vom Schild. Er ließ sich von der Tischplatte rutschen. Dabei machte er die Tischdecke ganz hübsch fleckig. Aber da es nicht sein Schmutz war, sondern welcher, den man über ihn gegossen und gestreut hatte, schämte er sich nicht so sehr. Auch diese Fettspritzer und Flecken überpruderte der Obereinpuderer übrigens sorgfältig mit weißem Puder. Das machte er so gut, dass kaum noch etwas zu sehen war. Dann führte der Obereinpuderer Paprikel ins Puderzimmer. Junker Hohlkopf begleitete die beiden mit gezücktem Schwert.

Wattemutter schickte einen Boten, der Klein-Wattoneon in der Stadt suchen sollte. Klein-Wattoneon klaubte eben die Fusseln von der Wattepalasttreppe auf, weil er Watteia so nah wie möglich sein wollte, und nicht nur Watteia, sondern dem Wattepalast überhaupt – der ja der Mittelpunkt allen Geschehens war. Kaum hörte er, dass er

zu Wattemutter kommen sollte, klopfte sein Herz stürmisch unter all der Watte und er warf die Wattefusselaufklaubezange und die Fädcheneinsammelgabel einfach in die Müllfusselkarre und stürmte die Stufen hinauf.

Dann stand er atemlos vor Wattemutter und – o Glück! – vor Watteia selbst. Seine Wattespitzen erröteten, und wenn er nicht so aufgeregt gewesen wäre und überhaupt so verwirrte Zeiten geherrscht hätten, wäre er sicher glücklich emporgeschwebt. Und wenn er dazu noch gewusst hätte, was in Watteias Köpfchen vorging, hätte er es aller Aufregung zum Trotz vielleicht doch getan, aber er wusste es ja nicht. Watteia nämlich war sehr erstaunt, ihn wieder zu sehen, und sie dachte: Er sieht ja viel netter und männlicher aus, als ich ihn in Erinnerung hatte. Vielleicht liegt es daran, dass er letztes Mal völlig zusammengeklatscht war, und jetzt ist er knochentrocken. Richtig hübsch wirkt er auf mich, wenn auch ein wenig klein. Aber wenigstens wie ein Wattel und nicht wie der fremde Junker, dem man nicht unter den Helm sehen kann.

Sie hatte ihre Ansichten also schon sehr geändert, die hübsche, knuddelige Watteia.

Nun, aber es war jetzt nicht der rechte Augenblick für zärtliche Gefühle oder dergleichen.

Klein-Wattoneon wurde von Wattemutter über alles unterrichtet, was sich zugetragen hatte, und er machte sich große Sorgen um Paprikel und hatte nur den Wunsch, Don Blech sehr schnell zu benachrichtigen und das verflixte hohle Pferd herbeizuschaffen, um Paprikel auszulösen, bevor ihn der goldene Junker zu Paprikasalat verarbeitete.

Man erlaubte ihm auch gnädigst, sich gleich auf die Beine zu machen, und er wirbelte davon, durchs Portal und durch die Wattelstadtgassen, das heißt: durch die Gassen, wo die Wattels wohnten.

Er kam sehr bald in die stille Bucht. Hier ging Don Blech immer im Kreis herum und hatte schwere Gedanken.

Seit dem Morgen hatte er Paprikel nicht gesehen und nirgends war er zu finden gewesen. Unter welchem versteckten Baum lag er wohl und erfand irgendetwas?

Dass er in die Stadt gegangen war, wusste niemand.

Sie freuten sich, Klein-Wattoneon zu sehen, aber über seine Botschaft freuten sie sich nicht.

Eile tut not

Nun redeten sie lange hin und her und wurden davon nicht klüger.

Tura meinte bedrückt: »Dieser übergescheite Paprikel! Jetzt hat er uns in eine so dumme Lage gebracht. Erstens weiß Junker Hohlkopf, dass wir ihm auf den Fersen sind. Und zweitens müssen wir ihm Scheppertonne überlassen, schlecht ist das, denn zu Pferd ist er jedenfalls schneller und stärker als ohne vierbeinigen Untersatz.«

»Ich werde ihn aus dem Sattel werfen«, versprach Schmuser. Dass er das konnte, hatte er früher ja schon schon einmal bewiesen. Solche Heldenhaftigkeit hinderte ihn aber nicht daran, seine mächtigen Hörner Klein-Wattoneon zuzuwenden und zu brummen: »Streichle mich, Wattebausch.«

Donito schlug vor: »Wir wollen uns lieber beeilen, Scheppertonne zu Junker Hohlkopf zu bringen.«

»Seit wann bist du so fürsorglich zu ihm? Liebst du ihn so?«, fragte der Hadnik.

»Ich möchte nur, dass Paprikel freigelassen wird. Der arme Kerl steht doch große Angst aus. Scharfsinnig ist er zwar, aber ist er auch mutig? Je länger wir zögern, desto unangenehmer wird die Lage für ihn.«

Aber der Hadnik sträubte sich dagegen, Junker Hohlkopfs Erpressung nachzugeben: »Ich schlage vor, ihn unter einem Vorwand zu uns herauszulocken. Wir könnten ihm vielleicht sagen, er sollte sich sein Ross selbst abholen. Und wenn er hier ist, kämpft Don Blech mit ihm und besiegt ihn – mit unserer Hilfe natürlich. Dann zieht Don Blech seine Rüstung an und geht als Junker Hohlkopf in die Stadt und befreit Paprikel und heiratet Watteia. Dann kann sie sehr, sehr glücklich sein und alles ist in schönster Ordnung.«

»Verblüffend scharfsinnig! Dieser Vorschlag könnte von Paprikel stammen«, spottete Tura.

Donito zweifelte, ob ihm Watteia – so nett sie sei – als Mutter gefiele. Und Klein-Wattoneon bekam eifersüchtig runde Augen.

Doch auch Don Blech wies diesen Gedanken weit von sich: »Das wäre ja glatter Betrug. Watteia bekäme einen Mann, den sie weder kennt noch haben möchte.«

»Aber sie kriegt jedenfalls eine Rüstung, in der sehr viel drin ist, und das ist doch mehr wert, als eine hohle«, verteidigte sich der Hadnik.

Don Blech schnitt jede weitere Erläuterung ab. »Donito hat Recht, beeilen wir uns, auf zum Seefalter ...«

»... und erwecken wir die geliebte Scheppertonne zum Leben«, fuhr Tura fort.

Sie hasteten ans Wasser, wo Nassi die beiden Segelschiffe bewachen sollte. Sie hatte es sich aber zwischen dem Schilf und den Uferpflanzen gemütlich gemacht. Es war eben eine schöne Gegend hier, wo alles wucherte und wuchs, und Nassi hatte sich einen Kranz aus gelben seerosenähnlichen Blumen gewunden und ins wirre Haar gesetzt. Auch eine Kette hatte sie geflochten und sich um den Hals gehängt. Jetzt ließ sie ihre Schwimmwatschelfüße und ihren Fischschwanz über die Taue baumeln, die Taue, mit denen die Boote an den Bäumen befestigt waren. Sie nagte auf einer Wurzel, von der sie behauptete: »Sie schmeckt süßer als der feinste Honig. Ich überlege nur, ob ich nicht umziehen soll, aus dem dunklen Loch Nass hierher. Willst du die Wurzel mal kosten, Schmuser?«

Schmuser schüttelte verneinend das Haupt.

Als Don Blech ihr in aller Kürze berichtet hatte, was vorgefallen war, wunderte sie sich kaum: »Immer geht irgendetwas schief«, meinte sie, »aber irgendwann wird Junker Hohlkopf doch einmal ans Wasser kommen und dann zerquetsche ich ihn. Dann mache ich aus ihm Blechgehacktes. Der wird sich aber freuen, wenn er mich plötzlich sieht!«

»Schon möglich«, sagte der Hadnik, »aber zuerst muss er Scheppertonne haben.«

»Wo ist sie denn?«, fragte Klein-Wattoneon, der das Blechpferd noch nie gesehen hatte.

Sie wateten durch das niedrige Wasser zum Seefalter und zeigten Klein-Wattoneon die runden, röhrenförmigen Teile, aus denen Don Blech das Pferd geschmiedet und zusammengelötet hatte. Er bewunderte es sehr. Jede Niete, jedes Scharnier, jede Schraube und jede Öffnung wollte er untersuchen.

Don Blech beugte sich über seinen Werkzeugkasten und suchte Hammer und Zange. Niemand achtete auf Klein-Wattoneon. Und als Don Blech sich endlich an die Arbeit machte, achtete man immer noch nicht auf den städtischen Fusselaufklauber – wie man eben leicht jemanden übersieht, der nicht zu sehen ist. Klein-Wattoneon war nämlich in Scheppertonnes Bauch hineingeschlüpft, von der Halsöffnung aus und tief hinein, bis in den Po. Dort blickte er zu einem nicht sehr großen, runden Loch hinaus, das unter dem schon arg zerzausten-Schweif aus dünnen Weidenruten offen geblieben war.

Er überlegte sich, ob er hier hinauskriechen könne, aber er überlegte es nicht lange, denn in Scheppertonnes Leib war es erstickend heiß, weil die Sonne auf das Metall brannte. Und Klein-Watoneon war von all den Ereignissen und Aufregungen und vom eiligen Laufen sehr müde. Sein Kopf war ganz wirr ... kurz und gut, plötzlich schlummerte er ein.

Und Don Blech setzte Scheppertonne den Kopf auf. Klein-Wattoneon hörte es klopfen, im Traum murmelte er: »Ho – ho – ho!«, er phantasierte von einem wilden Kampf mit Schwert und Spieß und Funken sprühenden Schlägen auf einen Schild, das Junker Hohlkopf gehörte.

Das war der Grund, warum er nicht aufwachte.

Don Blech hatte viele Nieten einzusetzen in den

Metallring, der zwischen Scheppertonnes Brust und dem Halsansatz saß und ihn fest umschloss. Das dauerte seine Zeit. Aber kaum hatte er den letzten Metallstift eingesetzt, also Haupt und Rumpf wieder fest miteinander verbunden, erwachte Scheppertonne sofort zum Leben.

Don Blech sprang drei Schritte zurück und seufzte: »Gott sei Dank. Bin ich aber froh, dass sie sich bewegt. Es hätte ja auch sein können, dass das Leben für alle Zeiten aus ihr entwichen war. Das hätte Junker Hohlkopf uns bestimmt nicht geglaubt. Dann wäre es aus gewesen mit dem armen Paprikel.«

Bauchweh

Das Ross Scheppertonne richtete sich mühsam und ein wenig steif auf. Es fiel ihm sichtlich schwer. Es schüttelte das Haupt und stampfte mit dem Huf, blickte Don Blech erstaunt an und sagte: »Wo bin ich – wieso liege ich auf einem Schiff?«

»Ich habe dich soeben zusammengesetzt!«, antwortete Don Blech.

Scheppertonne wieherte. »Das Letzte, woran ich mich erinnern kann, war, dass ich Junker Hohlkopfs Körper unter mir hatte – oder er den meinen. Wie ich aber jetzt sehe, bin ich ganz und gar in Ordnung. Nun, das ist schon etwas. Aber wir waren doch in einer ulkigen Gurkenstadt. Wieso bin ich jetzt auf dem Meer in einem Boot? – Das Boot kenne ich auch schon von irgendwoher …«

Don Blech erklärte Scheppertonne alles, so gut es ging. Sie war aber doch verwirrt und meinte: »Es ist wohl unheimlich, was alles mit einem geschehen kann, während man nichts davon weiß.« Und außerdem fragte sie natürlich nach ihrem Herrn und Reiter und Don Blech erklärte ihr auch, wo er war. Sie seufzte: »Und nun soll ich also wieder ruhelos mit ihm durch die Welt traben, hinter irgendwelchen Eroberungen her?«

»Er will heiraten!«, sagte Don Blech.

»Nicht doch! Etwa auch eine Rüstung mit nichts drin, eine weibliche?«

»Ganz im Gegenteil, sehr viel Inhalt und gar keine feste Hülle!«

»Ach, das kann nicht gut gehen. – Doch ich bin ja nur ein Pferd und mir wäre es am liebsten, ich käme für den Rest meines Daseins in einen gemütlichen Stall.«

»Vielleicht wird sich das einrichten lassen«, meinte Don Blech. Und dann sagte er, dass er sie jetzt schnell zu Junker Hohlkopf bringen wolle, damit der arme Paprikel nicht länger in Gefangenschaft schmachten müsse.

Da antwortete Scheppertonne: »Ich habe Bauchweh!«

»Sie hat Angst vor Junker Hohlkopf!«, meinte Schmuser. »Es könnte ja sein, dass sie einen nervösen Magen hat!«

»Oder sie hat heimlich Melonensirup genascht, im Gukürmel-Lagerhaus«, behauptete Nassi. »Mir war ja damals auch so schlecht.«

»Ich habe bestimmt nicht genascht«, antwortete Scheppertonne. »Denn erstens mag ich keinen Sirup und zweitens wüsste ich nicht, womit ich genascht haben sollte, mit dem einzelnen Kopf oder mit dem einzelnen Bauch ...«

»Weiß ich auch nicht!«, sagte Nassi. »Aber es gibt ja mehr Wunderbares, als ich verstehen kann.«

»Auf jeden Fall habe ich schreckliche Leibschmerzen!«

»Das kommt vom Aufwachen!«, meinte der Hadnik.

»Manchmal, wenn ich aufwache, habe ich auch Bauchdrücken oder Kopfweh, besonders wenn ich vorher Spukzauberkraut zu mir genommen habe.«

Don Blech schlug vor, das jetzt einmal auf sich beruhen zu lassen, sicher ginge das Bauchweh bald wieder weg, und wenn sie hier noch lange darüber redeten, dann hätte der arme Paprikel sein ganzes Leben nie mehr Gelegenheit, Bauchweh zu haben, und das wäre sehr traurig, denn dann wäre er ja tot.

»Also lebe ich, solange ich Bauchweh habe –«, überlegte Scheppertonne und fand das irgendwie tröstlich. Don Blech fasste sie am Zügel und führte sie an die Bordwand, wo sie erst scheute und sich zierte, dann aber doch ins Wasser sprang und an Land watete.

»Wo ist eigentlich Klein-Wattoneon?«, fragte Schmuser. »Ich vermisse seine zarte wattige, schmeichelnde und streichelnde Hand!«

Don Blech blickte erschrocken in die Runde. »Ich kann ihn nirgends sehen!«

»Ach«, meinte Tura, »er wird bestimmt schon wieder in die Stadt gegangen sein und klaubt Fädchen auf. Er hatte ja nur einen kurzen Urlaub, um uns die Nachricht zu übermitteln, nicht aber für den ganzen Tag!«

»Möglich!«, brummte Don Blech. »Ich hoffe, dass ich ihn in der Stadt igendwo finde.«

»Verdammt mühsam läuft sich das mit einem so schweren Bauch!«, seufzte Scheppertonne. »Oder vielleicht ist es nur deshalb ein so unangenehmes Gefühl, weil ich nie esse!«

»Nun, sollte Klein-Wattoneon in deinem Bauch sein, so bin ich sehr vergnügt darüber, dass du nicht verdauen kannst!«, sagte Tura und lachte. Denn natürlich dachte er, dass er einen sehr lustigen Witz gemacht habe.

Auch die anderen lachten und dann führte Don Blech Scheppertonne auf dem schmalen Pfad durch Wald und Wiese nach Wattelstadt. Dort strömte all das wattige Volk herbei, weil noch niemand ein goldenes Pferd gesehen hatte. Man sauste und rannte hinter Scheppertonne her, jeder wollte sie wenigstens einmal berührt haben und alle fanden sie wunderbar.

Frauen und Mädchen verließen die Zelthäuser, gleichgültig, ob das Essen anbrannte oder nicht. Wer gerade glückselig in der Luft herumschwebte, beeilte sich zu landen, weil es unten viel interessanter war.

So langte Don Blech in einer dichten Traube von Wattebollen am Fuße der Treppe zum Wattepalast an. Der Obereinpuderer hatte Scheppertonnes metallische, quietschende Schritte schon vernommen – längst war er fertig damit, Paprikel trocken zu pudern. Er eilte also aus dem Wattepalast auf die oberste Treppenstufe und dann kehrte er um und rannte in den Palast, um den Damen Bescheid zu sagen. Aber die Damen hatten auch schon alles gehört, und wenn sie noch nicht an der Tür waren, so nur deshalb, weil das nicht vornehm gewesen wäre: Sie mussten sich bitten lassen.

Nun, also, jetzt rief sie der Obereinpuderer und er rief auch Junker Hohlkopf.

Junker Hohlkopf saß vor der Puderstube, das Schwert

quer über die Knie gelehnt, und bewachte seinen kostbaren Gefangenen. Jetzt ließ er ihn heraus und trieb ihn vor sich her: mit der Schwertspitze am empfindlichen Paprikelpopo.

Bald standen viele Geschöpfe oben auf der Treppe: die beiden Damen Wattemutter und Watteia, der Obereinpuderer, der angepiekste Paprikel und der pieksende Junker Hohlkopf. Und unten wartete Don Blech mit Scheppertonne.

Don Blech begrüßte zunächst die Damen mit einer artigen Verbeugung. Auch Scheppertonne scharrte mit dem Fuß. Dann rief Don Blech Junker Hohlkopf zu: »Hier ist dein Pferd, gib Paprikel frei!«

Watteia blickte Scheppertonne mit runden Augen an,

irgendwie fand sie das Tier seltsam, aber es gefiel ihr auch. Und vor allem zog sie falsche Schlüsse. Sie flüsterte nämlich: »Er hat nicht gelogen, er hat doch ein Pferd!« Als ob das ein Beweis dafür gewesen wäre, dass Junker Hohlkopf auch in allen anderen Dingen die Wahrheit gesagt hätte. Aber sie dachte das nun einmal. Vielleicht, weil sie es gern denken wollte.

Ein letztes Angebot

Es ist nicht zu leugnen, dass Junker Hohlkopf eine große Minute hatte. Fast demütig stand sein Feind und Erzeuger Don Blech am Fuße der langen Treppe und war gezwungen, auf seine Forderung einzugehen. Recht hochmütig warf daher der goldene Junker seinen Helmkopf in den Nacken und rief seinem Widersacher zu: »Gut, dass du kommst, Don Blech. Allerhöchste Zeit ist es, denn ich war mit meiner Geduld am Ende. In wenigen Minuten hätte ich aus deinem Gemüsefreund Püree gemacht.«

»Spare dir deine Frechheiten!«, sagte Don Blech. »Ich kann darauf verzichten. Kenne ich dich doch lange genug und weiß, dass du den leeren Mund leicht zu voll nimmst. Hier ist dein Pferd – lass Paprikel herabkommen und es gehört wieder dir!«

»Ich sehe, dass es da steht«, sagte Junker Hohlkopf, »aber ist es auch gesund und unversehrt?«

»Ich habe Bauchschmerzen!«, wieherte Scheppertonne.

»Da sieht man es!«, rief Junker Hohlkopf. »Sie ist vergiftet!«

»Vielleicht von deinem Anblick! Wie sollte ich wohl jemanden vergiften, der vollkommen hohl ist?«

Da Junker Hohlkopf dies auch nicht wusste, ließ er es auf sich beruhen und gab Paprikel einen Schubs. Paprikel kollerte die Stufen herab und landete vor Don Blechs Füßen. »Das vergesse ich dir nie!«, murmelte er. »Und tadele mich nicht! Ich kann mir meine Dummheit selbst nicht verzeihen.«

Don Blech lächelte und half Paprikel auf die Beine. Er war froh, seinen scharfsinnigen Freund wieder wohlbehalten bei sich zu haben. Er ließ Scheppertonnes Zügel los und gab ihr einen fast freundschaftlichen Klaps auf den Blechpo. Scheppertonne schaute trübsinnig die vielen Treppenstufen empor. Sie wieherte: »Soll ich etwa da hinauftraben? Und das alles mit einem Stein im Bauch?«

»Ich möchte wohl wissen, was die Ursache ihrer Bauchschmerzen ist«, fragte Don Blech Paprikel leise. Und dieser antwortete: »Vielleicht hat ihr irgendeine Großmutter Wackersteine eingenäht, so wie dem Wolf aus dem Märchen mit den sieben Geißlein.«

Junker Hohlkopf rief Scheppertonne zu: »Warte unten am Fuß der Treppe, bis Don Blech sich entfernt hat. Ich bringe dich dann zu meinem Zelt!« Und zu Don Blech sagte er: »Je eher ich dich nicht mehr sehe, umso erfreulicher für uns alle. Doch täusche dich nicht. Mit dir werde ich noch abrechnen. Nur mit Rücksicht auf das zarte Gemüt der anwesenden Damen verschone ich dich jetzt!«

Don Blech schüttelte das Haupt. Er fand so viel Frechheit immer wieder unbegreiflich. »Höre, Junker Hohlkopf«, antwortete er, »du willst ein unverzeihliches Verbrechen begehen. Du weißt sehr wohl, dass deine Ehe auf einer Lüge aufgebaut sein wird. Du willst ein reizendes junges Mädchen ins Unglück stürzen.«

»Kümmere dich um deine eigenen Angelegenheiten!«, klapperte der Junker.

»Alles was du tust, ist meine Angelegenheit, denn du selbst bist, Gott sei's geklagt, mein Geschöpf. Und daher fühle ich mich für dich verantwortlich. Und deshalb mache ich dir noch ein letztes großzügiges Angebot: Verzichte auf deine bösen Absichten, verzichte auf die Heirat: Ich biete dir freien Abzug an – freien Abritt auf Scheppertonne. Niemand wird dich belästigen. Komm zurück in meinen Garten. Dort, unter dem Holunderbusch, sollst du ein friedliches Leben führen. Und solange du friedlich bei mir lebst, wird es dir gut gehen, das schwöre ich dir. Wer weiß, vielleicht werden wir zwei sogar noch einmal Freunde ...«

Junker Hohlkopf lachte, lachte dumpf und höhnisch.

»Du Dummkopf«, brüllte er, »kehre heim und führe selber das stumpfsinnige Dasein unter dem Holunderbusch, wie es dir zukommt. Doch beeile dich, damit ich deinem Leben nicht vorher ein Ende setze!«

»Mir wird schlecht!«, seufzte Wattemutter. Sie hatte dem höhnischen Streit der Männer mit wachsendem Unbehagen zugehört. Alles war so verwirrend und unerfreulich. Wer hatte nun Recht, wer war der Lügner ... oh, und es hing so viel davon ab.

Don Blech warf ihr einen mitleidigen Blick zu. Dann sagte er: »Ihnen zuliebe gehe ich – aber ich werde alles tun, was in meiner Macht steht, um die Hochzeit zu verhindern!«

Er nahm Paprikel an der Hand und verließ mit ihm die Stadt.

Vorbereitungen

Don Blech und Paprikel wurden schon ungeduldig erwartet. »Wir haben uns Sorgen um euch gemacht«, sagte Donito. Und der Stier Schmuser meinte bekümmert, irgendwie käme ihm die Welt leer vor, seit Klein-Wattoneon verschwunden sei und ihn nicht mehr so schön streichle.

Paprikel erklärte, dass er nach nichts so große Sehnsucht habe, wie sich gründlich zu waschen. Er begab sich in die Bucht, wo ihn Nassi mit Liebe, Zartgefühl und viel, viel Wasser von blauen und rosa Puderschichten reinigte.

Danach setzte er sich unter einen großen Baum in die Sonne. Teils, um zu trocknen, teils, um nachzudenken. Und zwar einerseits über seine vergangene Torheit – er war voller Reue – andererseits über eine Erfindung: Wie er die Wattels vor dem Regen schützen könnte. Don Blech dachte auch nach, er aber überlegte, auf welche Weise die Hochzeit Junker Hohlkopfs mit der unglücklichen Watteia in letzter Minute zu verhindern sei. Und vielleicht hätte er gehandelt, wenn nicht Tura von einem längeren Ausflug zurückgekehrt wäre. Er setzte sich auf Don Blechs Fußspitze und krähte: »Ich war weit, weit im Westen. Dort ziehen dichte, dunkle Wolken herauf, die viel Regen mit sich führen!«

»Sie zieht wirklich näher, diese Wolkenfront?«

»Ja, morgen oder übermorgen muss es Regen geben.«

»Dann kann ich warten. Das ändert alles«, sagte Don Blech. »Dann wird Junker Hohlkopf als Lügner dastehen und Wattemutter wird froh sein, wenn es keine Hochzeit gibt und ich den Betrüger vertreibe!«

Und damit gab er sich zufrieden.

In Wattelstadt ahnte man noch nichts von Regen und Wolkenfronten. Gleich nachdem Don Blech der Treppe und dem Wattepalast den Rücken zugedreht hatte, pflanzte sich Junker Hohlkopf vor Wattemutter auf und ratterte: »Ein für alle Mal sollen diese Belästigungen nun unmöglich werden! Das seid Ihr mir schuldig. Ich verlange, dass

Ihr Euer Versprechen jetzt einlöst. Ich wünsche sofort zu heiraten!«

Und Wattemutter seufzte matt: »Morgen, morgen, mein lieber Junker! Dann bist du der Herrscher. Dann habe ich mein Versprechen gehalten und kann vielleicht wieder ruhig schlafen.«

Junker Hohlkopf nickte. »Also morgen!«, sagte er.

Da fragte Wattemutter: »Könnt Ihr denn tanzen?«

»Tanzen? Nein, wozu?«

»Ihr müsst den Hochzeitstanz mit Watteia tanzen. Das ist Sitte. Der Obereinpuderer wird Euch unterrichten.«

Der Obereinpuderer zog eine Grimasse. Er hatte nicht gern mit dem unwirschen Junker zu tun. Undenkbar war es doch, den Arm um ihn zu legen ...

Watteia aber errötete bei dem Wort Hochzeit und fühlte, wie ein seliges Gefühl sie durchzog, es war, als hätten diese acht Buchstaben Zauberkräfte. Sie schwebte selig in ihr Oberstübchen.

Der Obereinpuderer mochte wollen oder nicht, er musste Junker Hohlkopf das Tanzen beibringen. Der Junker stellte sich so stelzbeinig an, dass es zum Verzweifeln war, und der Obereinpuderer, an die weichsten, wattigsten Wiegebewegungen gewöhnt, geriet in helle Verzweiflung. »Rechtes Bein, linkes Bein, eine Drehung rechts herum, eine Drehung links herum, drei Schritte zurück, eine Verbeugung, einen Schritt vor, wieder eine Verbeugung, nein, Ihr müsst das Knie biegen, wie wenn Ihr der Dame huldigen wolltet ...«

»Ach, huldige doch, wer mag!«, klapperte der Junker

ungehalten. Er verließ den Empfangssalon, ohne den Tanz gelernt zu haben. Mochte mit Watteia tanzen, wer wollte. Er wollte nicht. Diese Sitte würde er auch abschaffen.

Er ging in sein Zelt, davor ließ Scheppertonne trübsinnig das Haupt hängen. So vieles missfiel ihr. Kein Wunder: In ihrer Bauchhöhle saß Klein-Wattoneon und war längst wieder aufgewacht. Von Zeit zu Zeit blickte er durch die Ritzen der Gelenke des Pferdes oder auch hinten heraus, unter dem Schweif. Und er dachte sich, ich sitze an einem sehr guten Platz, und er dachte weiter, ich weiß zwar noch nicht wie, aber ich habe das Gefühl, dass ich noch einmal etwas Heldenhaftes vollbringen kann, falls ich jemals wieder herauskomme.

Scheppertonne drehte ihren Kopf Junker Hohlkopf zu: »Hättest du nicht Don Blechs Angebot annehmen sollen, friedlich in seinem Garten zu leben?«, fragte sie. Er antwortete ruppig: »Vielleicht deinetwegen? Morgen bin ich verheiratet und richtiger, echter, gekrönter König. Dann muss Don Blech sich vor mir verneigen! Sei also still und ruhe dich aus, du verstehst nichts von Politik.«

Scheppertonne nickte. Und als es dunkel wurde, verbrachten sie alle die Nacht mit sehr verschiedenen Gedanken. Klein-Wattoneon im Pferdeleib wartete auf seine Stunde, Scheppertonne hatte Sehnsucht nach Ruhe und Frieden und Junker Hohlkopf malte sich aus, wie glänzend sich das Dasein ab morgen für ihn gestalten würde.

Nun, der nächste Tag kam. Die städtischen Arbeiter waren schon beim ersten Sonnenstrahl auf den weichen Beinen, um das Hochzeitszelt auf dem runden Mittelplatz im Herzen der Stadt mit goldenen und purpurnen Bändern zu schmücken, mit Rosen, Orchideen und grünen Gewächsen, wie sie überall so üppig wucherten. Sie pflanzten große Wedel aus Baumwollfasern auf, fächerartige Gebilde, gleich Wattewolken. Auch die Straßen wurden geschmückt, der Fußweg mit Blüten bestreut und aus allen Oberstübchen flatterten die Faserfahnen. Alles sah sehr festlich aus. Und festlich fühlten sich auch die Wattels. Eine Hochzeit ist nun einmal zunächst ein wunderbares Ereignis. Wenn es hinterher ein böses Erwachen gibt, kann man das vorher ja nicht wissen.

Junker Hohlkopf sah all diese Vorbereitungen kaum. Er war nur froh, dass die Wartezeit vorüber war. Einigermaßen gnädig ging er in den Wattepalast, um dem letzten Frühstück als Junggeselle beizuwohnen.

Es gab aber keines, denn Wattemutter hatte keinen Appetit und ließ sich entschuldigen und Watteia war viel zu aufgeregt, um auch nur einen Bissen herunterzukriegen. Sie ließ sich im Puderzimmer zur Hochzeit herrichten und hatte für nichts anderes Sinn. Der Obereinpuderer puderte sie rot und er puderte sie blau und er legte auf den Scheitel noch einen Schimmer Gold und auf die Ohrläppchen noch etwas Silber. Und dann steckte er rote Edelsteine über und über in ihre Watte – da sah sie aus wie ein wandelndes Nadelkissen. Ins Haar flocht er ihr die kleinen Schmetterlingsorchideen, die so betäubend dufteten, und um den Hals legte er ihr den hauchdünnen, aus siebenundsiebzigtausend Wattefädchen gewebten Schleier.

Sie fand sich herrlich schön und klatschte in die Wattehändchen und jubelte.

Auch Junker Hohlkopf wurde festlich gekleidet. Der Obereinpuderer legte ihm einen langen, blau-rot gestreiften Mantel über die Schulter, der fiel gar königlich an ihm herab über den ganzen Rücken und wallte meterweit hinter ihm her. Er schleifte bei jedem Schritt und der Junker musste das Gehen mit ihm üben, damit er das Gleichgewicht nicht verlor. Aber da ihm die Kleidung königlich erschien und er sich erhoben fühlte, ließ er es klaglos geschehen und ertappte sich sogar bei dem Wunsch, Don Blech möge ihn so zu sehen kriegen.

So also kam die Hochzeitsstunde unaufhaltsam näher.

Ein böses Erwachen

Am Vormittag bewegte sich der Hochzeitszug vom Wattepalast auf das festlich geschmückte Heiratszelt zu. Es war ein kleiner Trupp, aber er war deshalb nicht weniger schön. Er bestand ja nur aus dem Brautpaar, aus Wattemutter und dem Obereinpuderer. Am Schluss schritt Scheppertonne – und das machte sich besonders prächtig. Bei wessen Hochzeit gehört schon ein goldenes Pferd zum Gefolge?

Das Brautpaar ging zuerst, wie es sich ziemte. Hinter ihm wackelte Wattemutter einher, zum letzten Mal trug sie die wattige Faserkrone. Ihr folgte Scheppertonne, mit

roten Bändern behängt. Der Obereinpuderer schritt voraus und stäubte goldenen Blütenstaub vor das Brautpaar. Junker Hohlkopf knirschte gemessen einher, auch heute konnte er nicht anders als zu rattern und zu stampfen. Weit wallte der lange Mantel von seiner Schulter. Und der Federbusch auf dem Helm nickte. Watteia funkelte ebenso festlich, man hätte sagen können: Sie feuerte Strahlenblitze aus allen Rohren – genauer: aus allen Edelsteinen ab. Und der feine Schleier wehte.

Alles Volk war herbeigeströmt. Alle Zelte waren leer, alle Wattels drängten sich auf der Straße. Die Wattelkapelle spielte auf Flöten und Schalmeien und auf anderen, aus Obstschalen und Hülsen gebildeten Instrumenten, deren Namen uns unbekannt sind.

Und die Sonne knallte noch immer vom Himmel, gerade so, als ob sie Junker Hohlkopfs Sieg über den Regen just heute nachdrücklich bestätigen wollte.

In Folge der allgemeinen Fröhlichkeit, wie sie sich bei jedem Hochzeitsfest verbreitet, fingen einige Wattels zu schweben an – das war recht günstig, denn so erhoben sie sich mühelos über die Köpfe der anderen und konnten alles gut sehen. Außerdem wirkte es auch sonst sehr hübsch ... lauter bunte, heitere Wölkchen ...

Oft war es schon vorgekommen, dass auch die Braut bei einem Hochzeitszug schwebte, manchmal auch der würdige Bräutigam, vor allem, wenn er noch sehr jung war. Nun, von Junker Hohlkopf erwartete man es natürlich nicht. Aber dass Watteia sich nicht vom Erdboden löste, war doch ein wenig verwunderlich.

Nur Junker Hohlkopf war sehr zufrieden, dass Watteia sich nicht schwebend über ihn erhob. Das hätte ihn sehr erbost. Auch so musste er sich wütende Bemerkungen über die herumsegelnden Wattelwölkchen verbeißen – bis nach der Hochzeit.

Der Weg war nicht weit. Als die Hochzeitsgesellschaft ins Festzelt trat, ertönte ein schmetternder Tusch. Scheppertonne blieb während der feierlichen Zeremonie vor dem Eingang. Sie hatte noch immer Leibschmerzen, sogar etwas heftigere als zuvor. Sie fühlte sich alt und müde und hatte das Empfinden, für dieses Dasein vielleicht doch nicht ganz richtig gebaut worden zu sein. Vielleicht wäre sie lieber wieder still und gedankenlos, ohne Bewusstsein?

Aus dem Festzelt tönte gedämpfte, feierliche Musik nach draußen. Der Wattepriester vollzog die Trauung und Scheppertonne hörte den verlogenen Junker deutlich Ja sagen, während Watteia dieses schöne Wort gefühlvoll hauchte. Dann schien etwas nicht nach Wunsch zu gehen, es gab eine Pause. Watteia rief erregt: »Wattemutter, ist dir übel?« Und Wattemutter antwortete seufzend: »Ein wenig, es geht schon vorbei. Ich werde mich gleich nachher in die Bettdose legen.«

»Vorher musst du noch abdanken!«, sagte Junker Hohlkopf und seine Stimme klang rau und ungeduldig.

»O ja!«, hauchte Wattemutter. »Hiermit danke ich ab und du bist der Herr.«

Da riss Junker Hohlkopf ihr die Krone vom Kopf und wollte sie sich selber aufsetzen. Nur passte sie nicht gleich auf seinen Helm, sodass er sie in der Hand behalten musste, und das schien ihm irgendwie nicht ganz richtig zu sein, vielleicht sogar ein schlechtes Vorzeichen.

Trotzdem, Junker Hohlkopf war nun vermählt und rechtmäßiger Herrscher über Wattelland und die Wattels.

Man trat vor das Zelt, Junker Hohlkopf schwenkte die Krone in der eisernen Hand. Er wusste ja sonst auch nicht, wohin mit ihr. Er sah noch immer prächtig und majestätisch aus, das kann man nicht anders sagen. Und daher gaben sich die Wattels auch ungehemmt ihrer Begeisterung hin und ließen das Brautpaar und den neuen Herren hochleben. Sie ließen ihn hochleben und schwebten selber empor, der Platz vor dem Zelt war voller Schäfchenwolken, etwa fünf Meter hoch über der Erde.

Junker Hohlkopf sah's mit Missfallen. Und sogleich wurde er sich seiner neuen Macht bewusst. Jetzt konnte ihm nichts mehr dazwischenkommen. Kein Don Blech konnte ihn mehr stören, die Hochzeit vereiteln, die Krone nehmen. Er hatte alles erreicht. Und all die mühsame Selbstbeherrschung der letzten Wochen fiel von ihm ab. Hoch reckte er sich auf. Mit knallender Stimme rief er aus schnappendem Kinnreff: »Hört! Meine erste Anordnung, mein erster Befehl! Ich verbiete bei Todesstrafe das glückselige Schweben! Alle sollen nur noch nützliche Arbeit leisten. Wer sich auch nur einen Zentimeter weit in die Luft erhebt, wird geköpft. Und alle Oberstübchen werden abgerissen. Alle – kein einziges soll stehen bleiben, kein Oberstübchen, nicht die albernen Hühnerleitern hinauf!«

Da standen alle Wattels vor Schreck gleich wieder fest

auf der Erde – auf dem Boden der Tatsachen. Heftig klopften ihre Herzen und manch einer wollte alles nur für einen bösen Scherz halten, für einen Spuk, der schnell verfliegt.

Doch Junker Hohlkopf scherzte nicht. Ungeduldig schrie er Watteia an, die es nicht fassen konnte und ihn anblickte und immer nur »Nein – nein – nein!« seufzte. Kleine, kurze Wimmerlaute.

»Doch, doch, doch!«, drohte er.

Und Wattemutter wurde noch weißer, der Puder stäubte aus ihrer Watte, sie sank zusammen und ward ohnmächtig. Das war nun auch unerträglich für den Obereinpuderer. Er konnte sich kaum noch auf den Beinen halten. Oh, was für schreckliche Zeiten brachen jetzt an.

Aber in Scheppertonnes Bauch rumpelte und drückte es, wie wenn die Wackersteine lebendig würden. Jetzt fasste sich Watteia. Gerade rief ihr der neue Gemahl noch einmal »Doch, doch, doch!« zu. Und als er just das Kinnreff zum letzten Vokal »O« öffnete – wozu wir Menschen die Lippen aufmachen – da fasste sie ihm mit einem plötzlichen Entschluss ins Gesicht, riss das Kinnreff herab und das Visier auf und sprang an seinen Brustharnisch und hatte die Augen an den Öffnungen. Wie ein Zahnarzt, der ein Loch im Zahn sucht, so guckte sie Junker Hohlkopf ins Innere: Den Mann wollte sie endlich sehen, den sie geheiratet hatte, nicht nur seine Rüstung. Doch sie sah nichts, nur einen dunklen Abgrund – und vermochte es nicht zu glauben und steckte auch noch die Hand hinein, den Arm, ungeachtet der Gefahr, dass er ihn abbeißen

könnte, steckte ihn hinein und suchte nach etwas Körperlichem zu angeln, tief, tief innen, schon fast dort, wo unsereiner seinen Magen hat. Aber ihr Arm fuhr im Leeren herum.

Junker Hohlkopf war so verblüfft von diesem plötzlichen Überfall, dass er ihn regungslos über sich ergehen ließ. Auch war sein Geist irgendwie verdrängt, sodass er keinen Gedanken zu fassen vermochte. Vielleicht machte das Watteias Arm, dass daneben in der Rüstung für wenig anderes mehr Platz war. Mit offenem Mund – oder Kinnreff – stand er da und ließ es geschehen, dass ihre kleine Hand in ihm herumrührte.

Doch als sie nichts fand, an dem sie sich festhalten konnte, als ihr die schreckliche Wahrheit bewusst wurde, da sank auch sie in Ohnmacht und ihr Arm wurde im Fallen aus der Höhlung herausgerissen. Und Junker Hohlkopfs Gedanken kehrten wieder.

Er war erschrocken und verstört. Zunächst versuchte er zu lachen. Er packte Scheppertonne am Zügel, zog sie zu sich, schwang sich auf ihren Rücken und preschte davon, ohne sich um die Frauen zu kümmern. An den Hochzeitstanz dachte niemand mehr.

Er trabte zu seinem Zelt. Er band Scheppertonne draußen an und zog sich ins dunkle Innere zurück. Hier – hoffte er – würde er sich beruhigen. So sah er nicht, wie im Westen die Wolkenwände sich übereinander türmten.

Ganz hatten die Wattels all die Ereignisse noch nicht begriffen. Zu schnell waren sie aufeinander gefolgt, zu wenig Zeit war gewesen, miteinander zu reden und Meinungen auszutauschen.

Schrecken war verbreitet worden. Das Fest und die Freude waren noch ganz nah, überall prangte noch der herrliche Schmuck, die Wimpel flatterten, die letzten Töne verharrten in den Flötenrohren und so rasch vermochte man an das Unglück noch nicht zu glauben. Offen und heiter wurden die Oberstübchen vom Wind gewiegt, Fenster und Türeinschlupfe standen weit offen, da geschah das Unfassliche:

Ein Donnerschlag knallte. Die Sonne verfinsterte sich. Wind, der eben noch sanft geblasen und Kühlung geschenkt hatte, brauste über die Stadt. Angstvoll stob man auseinander. Watteia und Wattemutter erwachten aus der Ohnmacht, der Obereinpuderer führte die schwankenden Frauen eilig zum Wattepalast. – Keine Sekunde zu früh, es prasselte auch schon vom Himmel, erst in silbernen Tropfen, dann in rauschenden Schnüren, der Wind legte den Regen quer, er peitschte Land und Bäume, durchnässte all die Wattels, die nicht rechtzeitig ihre Häuser erreicht hatten, trommelte auf die Zeltdächer, sammelte sich in den Vertiefungen, stürzte durch Fenster und Türen, gurgelte in kleinen Bächen die Wege entlang, die Treppen hinunter, riss Äste und Blätter mit sich, durchnässte die Zeltwände, das Gewicht des Wassers sammelte sich auf den Dächern, beulte sie nach unten aus, die feinen Gewebe krachten, Hausrat und Bewohner wurden überschwemmt, die Wattehaut durchnässt, man fror, konnte kaum atmen …

… und so tobte es über eine Stunde. Eine kurze Zeit? Eine schreckliche Zeit, denn danach war die Stadt ein Durcheinander eingestürzter Zelte, ein Spielfeld gierig dahinquirlender Bäche.

Die Wattels sahen aus wie Stricknadeln, an denen fasernd Fäden klatschnass herunterhingen. Dies war die größte Katastrophe seit Wattelsgedenken.

Am besten hatte der Wattepalast dem Unwetter standgehalten. Und dort war es, als hätte gerade das Unheil die Gedanken geklärt und lähmende Unentschlossenheiten beseitigt. Wattemutter und Watteia trafen sich zu ernster Unterhaltung im großen Salon.

Watteia begann, von trockenem Schluchzen geschüttelt: »Nun ist es sonnen- oder vielmehr regenklar, er hat mich belogen und betrogen und dich belogen und betrogen. Ich habe in sein Innerstes geblickt und da ist nichts zu erblicken, denn da ist nichts vorhanden, oh, es ist schrecklich! Und den Regen hat er nicht besiegt, alles ist viel, viel schlimmer als vorher. Das Gemüse auf unserem Tisch …«

»Pappapp …«

»Ja, Pappapp, oder vielmehr Paprikel, hat Recht gehabt und der dicke Mann, der das Pferd gebracht hat, hat auch Recht gehabt und wir sind die Angeführten, ich bin die Getäuschte, huhu, ach, hätte ich den Fremden doch geglaubt. Hätten wir nur noch ein wenig gewartet, eine kurze Stunde, dann wäre alles anders gekommen. Ich wäre nicht seine Frau … ach, wie nett und reizend war doch damals Klein-Wattoneon! Natürlich konnte er den Regen nicht überwinden, das ist ja keine Schande, niemand kann den Regen besiegen … huhuh …«

»Hör auf zu jammern!«, seufzte Wattemutter. »Alles ist meine Schuld! Wenn du so stöhnst, kommen dir am Ende noch echte Tränen und dann wäre es aus mit dir. Ja, alles ist meine Schuld. Aber ich will sie auch wieder gutmachen … Junker Hohlkopf muss das Land verlassen, so wahr ich Wattemutter bin …«

»Aber er wird es nicht tun, uhu …«

»Mein Versprechen ist widerrufen, denn er hat uns hintergangen.«

»Sehr richtig, Mama! Nur haben wir das Versprechen ja schon gehalten und ich bin seine Frau und er hat die Krone …«

»Schrecklich, schrecklich! Aber er soll die Krone zurückgeben und schnell, schnell wieder verschwinden!«

»Er wird uns auslachen. Und selbst wenn er die Krone zurückgäbe – ich bliebe doch seine Frau! – Ich will aber nicht die Frau eines Nichts bleiben, einer ganz und gar hohlen Büchse! Dann kann ich ja niemals mehr einen, anderen, wattigen Mann heiraten …«

»Oh, wie grauenvoll! Wie Recht hast du, mein Kleines!« Wattemutter blickte sehr hilflos ins Leere. Denn diese Schwierigkeiten überstiegen ihre Geisteskräfte bei weitem, jedenfalls im Augenblick.

Vielleicht kam noch Zeit und Rat? Auf jeden Fall sollte

erst einmal der Obereinpuderer kommen – er war ja wohl verpflichtet, einen Ausweg zu wissen.

Eine Botschaft

Auch Junker Hohlkopf hatte der Regen in seinem Zelt überrascht. Aber ihm hatte er nichts geschadet. Im Gegenteil, er kam ihm jetzt gerade recht, er genoss ihn wie einen Triumph: Triumph, dass ihm seine List gelungen war.

Scheppertonne vor dem Zelt stand regungslos da. Ihr tonnenrunder Leib glänzte wie frisch poliert. Kleine Wasserperlen rannen daran herab und blitzen wie echte Perlen.

Das Zeltdach beulte sich nach innen aus, ein tiefer See hatte sich in ihm gebildet – tropf, tropf, tropf, so rann es durch die Leinwand.

Junker Hohlkopf versuchte sich die Krone auf den Kopf zu setzen, auf den Kopf, der eigentlich ein Helm war. Mit viel Mühe gelang es ihm, den Reif über den grellroten Federbusch zu streifen. Wenn dabei auch ein paar Federn zerknickten – jetzt hing sie doch schief zuoberst, vorne gestützt vom Rand des Visiers.

»Nun bin ich König, König Hohlkopf!«, rief der Junker sich selbst zu und stolzierte würdevoll vor sein Zelt, um sich in Scheppertonnes Rumpf zu spiegeln.

»Wie findest du mich?«, fragte er sie.

Und sie antwortete: »Albern!«

Da war er böse, hörte aber nicht auf, sich niederzubücken, um sein Gesicht in die gleiche Höhe mit dem Bauch des Pferdes zu bringen. Hörte nicht auf, sich zu drehen und zu wenden, um die Pracht von allen Seiten zu besichtigen.

Da Scheppertonne rund war wie ein Fass, bekam er nur ein verzerrtes Bild zu sehen. Stolz war er trotzdem.

Im Wattepalast wurde inzwischen fiebereifrig beraten. Wattemutter stöhnte, Watteia seufzte und der Obereinpuderer sollte alle Schwierigkeiten lösen!

Seine Vorschläge waren jedoch sehr wenig überzeugend. Er empfahl, Junker Hohlkopf mit Puder zu überstäuben, bis er darin erstickte. Und im Übrigen meinte er, dass er das Unglück schon lange kommen gesehen habe. Nur hätte niemand auf ihn gehört!

Da fasste sich Wattemutter und sagte, er solle sich auf die gepuderten Socken machen, um dem Junker eine Botschaft zu überbringen.

»Eine Botschaft?«

»Richtig, gehe zu ihm und fordere ihn auf, das Land zu verlassen und die Krone zurückzugeben.«

»Besser zuerst die Krone zurückgeben und dann das Land verlassen, oder?«

»Ja – denn wenn er das Land schon verlassen hat, ist es zu spät, die Krone zurückzugeben.«

»Und wenn er es nicht tut, wenn er es ablehnt? Wenn er mir etwas anderes befiehlt? Er ist ja nun einmal der König und Watteias Gemahl!«

»Schrecklich, schrecklich!«, jammerte Watteia.

»Ja, jetzt ist es schrecklich«, rief Wattemutter erbost, »und vor gar nicht langer Zeit war er für dich noch der schönste, beste, tapferste und einzige Mann!«

»Man kann sich ja einmal irren!«, bockte Watteia und schluckte trocken.

Wattemutter hatte eine Idee. Sie befahl dem Obereinpuderer: »Entwirf eine Abdankungserklärung, du weißt doch, was das ist?«

»Natürlich! Sie lautet so: ›Ich, der Unterzeichnete, König, Majestät und Hoheit und Simsalabim erkläre hiermit feierlich, auf die Krone zu verzichten!‹«

»Sehr richtig. Ob allerdings ›Simsalabim‹ dazugehört, bezweifle ich.«

»Dann lasse ich es weg!«

»Nein«, sagte Watteia, »Simsalabim ist ein Zauberspruch, der bewirkt, dass der andere das tun muss, was man von ihm will.«

»Also mit ›Simsalabim‹!«, entschied Wattemutter. Der Obereinpuderer begab sich in sein Arbeitszimmer, um die Abdankungsurkunde zu schreiben. Der goldene Junker, derzeit König, hatte sie dann nur noch zu unterzeichnen.

Der Obereinpuderer gab sich viel Mühe, denn so ein wichtiges Staatspapier schreibt man nicht jeden Tag. Nach langer Zeit endlich puderte er das Pergament mit feinem Sand trocken, wie das so üblich ist.

Dann machte er sich auf den bitteren Gang zum Zelt des goldenen Junkers. Ihm war himmelangst.

Junker Hohlkopf, mit der Krone auf dem Blechhelm, stand noch immer vor Scheppertonnes Bauch und spiegelte sich. Er tat so, als ob er des Obereinpuderers Kommen nicht bemerkte.

Der räusperte sich und flüsterte: »Majestät!« Die Anrede fiel ihm schwer.

Stolz richtete sich Junker Hohlkopf auf und drehte sich um. Majestätisch sah er schon aus. Der Mantel wallte von seiner Schulter und die Krone hing schief. »Was willst du, Knecht?« So herrschte er den Obereinpuderer an. Das fand er königlich.

»Ich bin nur der Überbringer dieser Urkunde, nicht ihr Verfasser!«, stotterte der Obereinpuderer. Er verwünschte es, dass die hohen Herrschaften stets ihre Untergebenen mit schweren, lebensgefährlichen Aufgaben betrauen. Zitternd überreichte er Junker Hohlkopf die Schriftrolle.

Junker Hohlkopf klapperte mit dem Kinnreff. »Lies!«

»Könntet Ihr es nicht selber lesen, Majestät?«

»Lies!«

»Auf Eueren Befehl!», sagte der Obereinpuderer mit bebender Stimme, entrollte das Pergament und las: »Ich, der Unterzeichnete, jetzt König Junker, Majestät Junker und Hoheit Junker von Wattelland, erkläre hiermit feierlich, auf die Krone für alle Zeiten zu verzichten, Simsalabim und Unterschrift ...«

»Simsalabim? Sososo! Ich will dir meine Antwort geben, tritt nur näher!«

Junker Hohlkopf trat einen Schritt zurück auf sein Zelt zu und des Obereinpuderers Herz klopfte vor Freude, denn er glaubte, seine Majestät wolle eine Feder zum Unterschreiben holen. Ach, dachte er, ich bin doch der geborene Diplomat und Staatsmann, ich werde Gehaltszulage verlangen.

Er trat also seinerseits einen Schritt näher, um die Abdankungsurkunde unterschrieben wieder in Empfang zu nehmen. Wie glatt und geschickt hatte er doch die Staatskrise gelöst! Er stand nun sehr dicht beim Zelt und Junker Hohlkopf reckte die Arme und stemmte das Dach innen empor, da, wo es wie ein gefüllter Sack durchhing – und der Wasserfall ergoss sich über den Obereinpuderer, der erstarrte, zusammenklatschte und bis in die

Seele hinein erschrak – und davonrannte, triefend wie er war …

Junker König Hohlkopf brüllte ihm nach: »Das ist meine Antwort, an alle!«

Jetzt war guter Rat noch teuerer geworden im Wattepalast.

Doch glücklicherweise war die Hilfe nahe. Don Blech nämlich in der stillen Bucht hatte zwar den Regen abgewartet. »Jetzt aber«, sagte er zu seinen Getreuen, »jetzt ist der Augenblick gekommen, Wattemutter wird ihren Irrtum einsehen. Nun wird es keine Hochzeit mehr geben, Watteia wird vor dem größten Fehler ihres Lebens bewahrt – und wir werden den goldenen Junker endlich unschädlich machen!«

Er legte seine Blechbüchsenrüstung an und Donito legte seine Blechbüchsenrüstung an und Schmuser erhob sich und der Hadnik übte das Luftanhalten noch einmal und Tura erprobte seine Schwingen. Nur Paprikel saß weiterhin unter dem Busch und dachte nach. »Ich bin der Lösung schon zum Greifen nahe«, murmelte er rätselhaft.

Deshalb ließ man ihn in Ruhe. Nassi schmauste im Wasser und schmatzte ungeniert. Sie war froh, dass sie den weiten Weg in die Stadt über Land und zu Fuß nicht gut zurücklegen konnte, denn sie hatte eine sinnverwirrend süße Wurzel gefunden, an der sie kaute und lutschte. Sie benutzte wirklich das Wort »sinnverwirrend«, rollte die Augen und lallte mit vollem Mund. Vielleicht enthielt die Wurzel Alkohol? Gern blieb sie. So brach Don Blech also ohne diese beiden auf. Er ritt schwer gepanzert auf Schmuser. Donito ging als Trompeter voraus, Tura hockte auf Don Blechs Schulter wie ein Jagdfalke und der Hadnik quetschte sich hinter ihn an die Blechbüchsenrüstung.

Mit Betrübnis sah Don Blech die Verwüstungen, die der Regen in der Stadt angerichtet hatte. Noch immer waren Straßen und Wege wie ein Morast, bis zu den Knöcheln watete Schmuser im Schlamm. Die gewebten Wände der Oberstübchen waren durchweicht, einige flatterten abgerissen am kahlen Gestänge. Überall bemühten sich die Wattels, Ordnung zu schaffen. Das glückselige Schweben war ihnen vergangen: Die meisten sahen aus wie nasse Scheuerlappen.

Am Fuße der großen Treppe zum Wattepalast rollte Don Blech von Schmusers Rücken. Die unförmige Blechbüchsenrüstung erlaubte keine andere Form des Absteigens. Er ächzte.

Er bat Donito, dreimal kräftig zu trompeten.

Donito trompetete dreimal kräftig.

Aus dem Portal des Wattepalastes trat der triefende Obereinpuderer. Als er Don Blech erblickte, verwechselte er ihn mit dem goldenen Junker, kreischte: »Huch!«, drehte sich um und verschwand.

Donito trompetete noch einmal.

Diesmal steckten Wattemutter und Watteia ihre Köpfe durch den Vorhang. Wattemutter hatte sich entschlossen, Junker Hohlkopf die Meinung zu sagen: »Gib die Krone wieder her!«, schrie sie ihn ohne Umschweife an.

»Ich bin der andere!«, sagte Don Blech. Da waren Wattemutter und Watteia froh, sie eilten herab und schüttelten ihm und Donito und dem Hadnik die Hände und versicherten immer wieder, wie glücklich sie seien und wie dringend sie ihre Hilfe brauchten; sie streichelten auch Schmuser auf die unnachahmlich sanfte Wattelart und winkten Tura herzlich zu.

Dann riefen sie den Obereinpuderer, der genauso erleichtert war, nicht dem goldenen Junker, seiner königlichen Hohlheit gegenüberzustehen. Trotzdem fiel es ihm schwer, seine Scham über den durchnässten, angeklatschten, gewissermaßen nackten Anblick, den er bot, zu überwinden.

Don Blech teilte ihre Freude nicht, da er nur zu rasch erkannte, dass er zu spät gekommen war. Betrübt murmelte er: »Verstehe ich wirklich recht ... die Vermählung ist vollzogen? Watteia hat Junker Hohlkopf geheiratet?«

»Aber ja, aber ja!«, antwortete Wattemutter. Und Watteia schluchzte trocken: »Entsetzlich!«

»Wie wahr«, murmelte Don Blech. »Nie hätte ich dergleichen auch nur geträumt, als ich Junker Hohlkopf zusammenlötete ... Nun aber ist es sinnlos, sich unfruchtbarem Kummer hinzugeben. Ich muss mich Junker Hohlkopf noch einmal zum Kampf stellen. Und diesmal werde ich seine Reste nirgends liegen lassen und vergessen. Donito, wir wollen keine Zeit verlieren.«

Donito nickte, er ging zu Junker Hohlkopfs Zelt. Während er die Trompete schmettern ließ, fasste Watteia Don Blechs Arm, sah ihm flehend ins Auge und hauchte: »Siege! Mach mich zur Witwe!«

»Ich werde mein Möglichstes tun«, antwortete Don

Blech verwirrt, denn dieser sonderbare Wunsch war noch nie an ihn herangetragen worden.

Nun trat seine königliche Hohlheit aus dem Zelt. Der Junker überblickte die Lage sofort. Da kam Donito gar nicht dazu, eine wohlgesetzte Rede zu halten. Der König mit wackliger Krone ergriff Scheppertonnes Zügel, schwang sich auf den Rücken seines Rosses, hob den Schild, reckte das Schwert und klapperte erschreckend durch das Kinnreff: »Don Blech, nun hat deine letzte Stunde geschlagen. Ich werde dich in einen leblosen Rollmops verwandeln, deinen Vogel werde ich ausstopfen, den Stier am Spieß braten, deinen Sohn in die Wüste schicken und den lächerlichen Hadnik in der Luft zerreißen!«

So gesprochen – nach der Art alter Ritter, die sich vor dem Kampf zuerst nach Strich und Faden beschimpften – so gesprochen, gab er Scheppertonne die Sporen, dass es ratschte und krachte. Und Scheppertonne galoppierte los, aus trüben Träumen gerissen. Jetzt vergaß sie sogar ihr Bauchweh.

Da stoben Wattemutter, Watteia und der Obereinpuderer die lange Treppe hinauf, um sich in Sicherheit zu bringen.

Und Don Blech sah, dass Eile geboten war, er warf die Arme um Schmusers Hals und stieß sich mit den Beinen ab, um möglichst schnell sein Kampftier zu besteigen. Er stieß sich ab und gab sich einen Schubs und rollte empor und rollte herüber und lag auf der anderen Seite wieder im Schlamm!

Das war kein günstiger Beginn und Junker Hohlkopf schrie: »Sieg, Sieg!«

»Noch lange nicht Sieg!«, schnaufte der Hadnik erbost. Er hielt schnell die Luft an, so heftig atmete er ein, dass ihm fast Backen und Brustkasten platzten, und fliepfte los, zum Erstaunen der Wattels, die ja nur glückselig schweben, nicht aber sich so zielstrebig fortbewegen konnten.

Der Hadnik jedoch bewegte sich sehr zielstrebig fort, er wollte im Flug Junker Hohlkopf die Krone vom Kopf reißen und den Helm abstoßen, oder zumindest seinen Helmkopf umklammern und ihn blind machen. Und Tura flatterte neben ihm her und rief ermunternde Worte: »Ho, ho!«, kreischte er und der Hadnik dachte, Tura wollte ihm etwas Wichtiges mitteilen, er fragte: »Was?«, und atmete aus und plumpste auf den Boden.

»Sieg, Sieg!«, schrie Junker Hohlkopf wieder. Er galoppierte heran. Gerade noch vermochte der Hadnik, sich im Morast zur Seite zu wälzen und so Scheppertonnes Hufen zu entgehen.

Jetzt verlor Schmuser die Beherrschung. Immer schon hatte es ihn gereizt, den goldenen Junker auf die Hörner zu nehmen. Nun senkte er das Haupt mit der gewaltigen zweizinkigen Gabel und preschte los, donnernd, der Boden bebte und der Schlamm spritzte, da konnte man sich schon fürchten.

Junker Hohlkopf erschrak, er hatte nicht den Wunsch, von Schmuser aus dem Sattel gehoben zu werden. Auch Scheppertonne erinnerte sich nur allzu gut des verlorenen

Kampfes damals auf der Didnikinsel – sie scheute, sprang zur Seite – »auch noch Hörner im Bauch vertrage ich nicht!«, wieherte sie. Und Schmuser fand nirgends Widerstand. Weit schoss er über sein Angriffsziel hinaus, konnte sein entfesseltes Gewicht nicht bremsen, stolperte in Junker Hohlkopfs Zelt, das brach über ihm zusammen, begrub ihn unter einem Gewirr von Tüchern, feuchten Lappen und zersplitterten Stangen.

»Gut, dass dieses Zelt nicht mehr gebraucht wird«, brummte Don Blech mit Galgenhumor. Er hatte sich inzwischen aufgerappelt.

Allerdings brauchte er sein Schwert nicht zu ziehen. Junker Hohlkopf hatte es sich plötzlich anders überlegt. Er wollte nicht mehr kämpfen. Sei es, dass er sich seines Sieges nicht mehr sicher war, sei es, dass ihm nun die Freude am Königsein vergangen war – kurzum, er sprengte davon, aus der Stadt, dem Meer, der stillen Buch zu.

Ganz schnell wurde sein Rücken kleiner – und kleiner – und kleiner! –

Da konnte Don Blech nur noch rufen: »Ihm nach!«

Groß-Wattoneon

»Ihm nach!«, rief also Don Blech. Da blieb keine Zeit mehr, Schmusers Rücken zu besteigen – auch wäre es ihm in aller Eile doch wieder misslungen. So hastete er also in der klirrenden Rüstung durch Wattelstadt und dann über den Dschungelpfad.

Klein und eilig wirbelten seine Füße unter der Blechbüchse, die sein Panzer war, über den nassen Grund. Donito folgte, die Trompete schwenkend. Und Tura flog voraus, vermochte aber den fliehenden Junker nicht aufzuhalten. Und Schmuser donnerte hinterher. Und der Hadnik fliepfte, was seine Lungen aushielten. Wattemutter vergaß alle Würde. Auch sie jagte davon, dem Flüchtling nach. »Meine Krone, meine Krone!«, jammerte sie.

»Nein, meine Krone, meine Krone!«, rief Watteia. Da ihre Mutter abgedankt hatte, stand ihr der würdevolle Kopfschmuck auch nicht mehr zu.

Auch der Obereinpuderer atmete schwer, denn er rannte nicht gern, aber er japste dennoch: »Meine Krone, deine Krone, seine Krone … ja wessen Krone denn nun eigentlich?«

Junker Hohlkopf überließ sich mit Freude Scheppertonnes wildem Galopp. Fort wollte er, hinaus in die freie, weite Welt, wo ihn niemand kannte, wo er neue Heldentaten vollbringen konnte. Heißa – fremdes Blut sollte da spritzen. Lange genug hatte er sich gemäßigt. Doch die Krone gedachte er mitzunehmen. Als König wollte er aus Wattelland scheiden, als König anderswo ankommen.

Schon sah er die Bucht vor sich, schon lockten die Masten der beiden Segelschiffe zwischen den Bäumen.

Und Nassi schlummerte am Ufer, von der wildsüßen Wurzel betäubt. Auch Paprikel schnarchte unter dem

Busch. Er hatte sein Rätsel gelöst. Nachdenken macht müde.

Scheppertonne dröhnte heran, sie erwies sich als wildes Rennpferd, kein Araberhengst hätte sie einholen können.

Sie sah den Seefalter, das vertraute Boot, mit dem sie schon einmal übers Meer gesegelt war. Sie erreichte die Bordwand, setzte hinüber, wie über ein Hindernis beim Turnier. Kraftvoll war ihr Schwung, er teilte sich dem

Boot mit, drückte es ab vom Land, das Tau spannte sich, knirschte, riss; Junker Hohlkopf konnte sich nur knapp im Sattel halten.

Doch blieb er auf dem Pferderücken – nicht einmal die Krone fiel ihm vom Kopf, nur hing sie noch schiefer. Aber besser eine schiefe Krone, als gar keine.

Und nun zog Junker Hohlkopf das Segel hoch, es füllte sich mit Luft, blähte sich – kühn zog der Seefalter aus der Bucht.

Da waren die anderen am Ufer angekommen und konnten nicht mehr hinüber. Ziehen lassen mussten sie ihn – wieder fortziehen, den goldenen Junker.

»Nassi! O, Nassi!«, gellte Don Blechs Ruf in höchster Not.

Nassi riss verschlafen die Augen auf. So schöne Bilder hatte sie geträumt. Ach, eine Zauberwurzel war das gewesen …

»Nassi, Nassi –«, rief Don Blech, riefen, schrien, kreischten alle anderen im Chor. »Halte ihn, halte ihn! Spritze mit Wasser, versenke das Boot!«

Nassi blinzelte, sie sah nichts, sie hörte nur, dass sie spritzen sollte. Und das tat sie … Eine Regenflut ergoss sich …

… ergoss sich über Don Blech und Donito – vor allem aber über Wattemutter, Watteia und den Obereinpuderer, der heute doch schon genug Wasser abbekommen hatte.

Wattemutter sank wieder in Ohnmacht.

Auch Watteia sank in Ohnmacht. So machen es nun einmal feine Damen. Und der Obereinpuderer rang hilflos nach Luft.

Der Seefalter aber nahm immer rascher Fahrt auf. Und noch einmal, ehe er sich ganz entfernte, ließ Junker Hohlkopf seine knallende Stimme aus dem ratternden Kinnreff ertönen: »Hoho, Don Blech! Sieger bin ich! Und wieder reite ich in andere Länder, in deiner Rüstung, um Angst und Schrecken zu verbreiten. Nie wirst du mich überwältigen, kleiner, dicker, törichter Don Blech!«

Frohlockend begann er sein fürchterliches Lied zu singen, er gröhlte es noch lauter, als jemals zuvor:

»Ich will morden, brennen, töten,
grell soll sich der Himmel röten
und ich finde nichts dabei.
Durch die Länder will ich reiten,
Angst und Schrecken zu verbreiten:
›Junker Hohlkopf!‹ – gellt der Schrei.

Ja, so liebe ich das Leben,
wenn die Menschen vor mir beben,
auch Don Blech, du bist dabei!
Keine Gnade mit den Armen
kenne ich und kein Erbarmen:
›Junker Hohlkopf!‹ – gellt der Schrei.«

Nun, also fahre dahin, Junker Hohlkopf, neuen Abenteuern, neuen Untaten entgegen …

… so wäre er gefahren. Doch unter Scheppertonnes Schweif kroch etwas hervor, aus dem Inneren des Rumpfes, etwas, das ihr schon lange Bauchschmerzen gemacht hatte. Es war weich und wattig und Junker Hohlkopf bemerkte es nicht. Klein-Wattoneon krabbelte über des Pferdes Hinterteil empor, über die Kruppe, umfasste den Rücken des goldenen Junkers, den gefühllosen Harnisch, war entschlossen, ihm das freche Maul zu stopfen, machte es wie zuvor Watteia, fasste von hinten in das klappernde Kinnreff, schlängelte sich nach vorn, schob nicht nur den Arm hinab, nein, steckte den ganzen eigenen Kopf in die dunkle Höhle, schob den Körper nach – und kroch schließlich ganz da hinein, wo eigentlich Junker Hohlkopfs Körper sein sollte.

Und im gleichen Maße, wie Klein-Wattoneon – weich und wattig – die Höhlungen ausfüllte, im gleichen Maße und völlig schmerzlos wurde das daraus verdrängt, was Junker Hohlkopf gewesen war.

Eine Rüstung sank vom Pferd – sie war ja viel zu schwer für den tapferen Klein-Wattoneon – für ihn ganz allein.

Und er drehte sich um, im Inneren des Blechbüchsenharnischs, fand mit dem rechten Arm wieder den Ausschlupf beim Visier, bekam die Krone zu fassen, riss sie vom Federbusch, schwenkte sie – und dann erschien auch sein Kopf wieder – wie der eines Zimmermanns aus dem Dachfenster.

Da kam Wattemutter wieder zu sich und Watteia erwachte aus ihrer Ohnmacht, sah den Helden, den kleinen, der ihr so bekannt war, erfasste die Situation, seinen unglaublichen Sieg und seufzte: »Ich heirate ihn, er soll der König sein! Hoch lebe Wattoneon der Erste!«

Wattoneon strahlte. Und Wattemutter und der Obereinpuderer vergaßen ihre natürliche Scham darüber, dass sie gerade so angeklatscht nass-nackt waren. Sie freuten sich. Und die strahlende Sonne beeilte sich, sie rasch zu trocknen.

Watteia aber war viel zu erregt, um sich zu schämen. Ganz dicht trat sie ans Ufer, ganz nahe ans Wasser, so dicht wie noch nie, und rief zum Seefalter hinüber: »Wattoneon – liebst du mich noch?«

»Mehr als mein Leben«, antwortete er und wollte jauchzend aus Junker Hohlkopfs klaffender Helmöffnung steigen. Vielleicht begann er sogar glückselig zu schweben?

Er schob eine Schulter heraus – da hob der goldene Junker sein Bein – natürlich, denn es gab ja wieder einen Hohlraum, den er mit seinem Dasein ausfüllen konnte, weil Wattoneon ihn eben freigemacht hatte. Er kam zur Besinnung.

Don Blech schrie rasch: »Du musst drinnen bleiben!« Sein Ruf gellte übers Wasser. »Krieche ganz hinein, lass keine Lücke frei, verdränge den bösen Geist!«

Da kroch Wattoneon zurück ins Blechgewölbe. Doch die Krone schwenkte er aus dem offenen Visier.

Der goldene Junker lag leblos. – Nur trieb der Seefalter jetzt davon, denn wer wollte ihn steuern?

Don Blech bestieg König Wididniks Drachen, der Hadnik fliepfte neben ihm her, gemeinsam segelten sie aufs of-

fene Meer, gemeinsam legten sie am Seefalter an, der Hadnik verband Boot und Boot mit dem Tau, holte das Segel ein – und Don Blech kletterte über die Planken.

»Nun will ich den Sieger zuerst befreien!«, sagte er lachend. Mit der Zange zog er die Splinte aus Junker Hohlkopfs Halskrause, trennte Rumpf und Kopf, wie er es schon einmal getan hatte – und da war Junker Hohlkopf leblos, unschädlich. Wattoneon schlüpfte heraus, reckte die Arme, dehnte sich – und erhob sich sofort schwebend über die Bootswand, so glücklich war er.

Die Sonne glänzte auf dem Wasser wie auf einem frisch geputzten Spiegel.

Don Blech gab sich mit dem in zwei Teile zerlegten Junker nicht zufrieden, waidgerecht zerstückelte er ihn, trennte die Arme von den Schultern, die Handschuhe, die Beinhülsen und die Schuhe – eines vom anderen.

Als er nur noch ein gutes dutzend Einzelteile statt eines ganzen Ritters hatte, hing er diese mit Schnüren am Mast des Seefalters auf. Da baumelten sie nun und taten niemandem mehr weh.

»Wenn nur niemand das Schiff ein zweites Mal aufs offene Meer hinausschubst, wie damals auf der Didnikinsel«, sagte er.

»Ich tu es bestimmt nicht wieder«, versprach Nassi.

»Trotzdem – ich muss mir etwas einfallen lassen, um jede Wiederauferstehung des goldenen Junkers unmöglich zu machen«, überlegte Don Blech.

Doch zunächst segelten der Hadnik und er ans Ufer. Scheppertonne stand regungslos unter dem Mast, sie hatte sich die ganze Zeit über weder gerührt noch etwas gesagt.

Jetzt wandte sich Don Blech an sie, unschlüssig wog er die Zange in der Hand. Da öffnete sie ihr Blechmaul.

»Bitte nicht!«, flehte sie. »Ich habe die Reiterei ja satt und wünsche mir nur, irgendwo ein stilles Plätzchen zu finden …«

Don Blech überlegte nicht lange. »Du könntest in unserem Garten bleiben. Wasser und Heu brauchst du nicht, und boshaft bist du nie gewesen. Habe ich schon keinen Junker mehr, behalte ich doch sein Pferd … – mir soll es recht sein.«

Sie legten am Ufer an und Wattoneon kehrte aus der schwebenden Lage wieder in die stehende zurück. Er näherte sich seiner Braut, er fasste sie an der Hand und Watteia fasste ihn an der Hand und Donito setzte die Trompete an die Lippen, um einen Tusch zu blasen.

»Ist denn auch wirklich nun alles in Ordnung?«, fragte Wattemutter ängstlich. »Ich meine, Watteias erster Mann hängt da am Mast … ist sie nun noch verheiratet oder schon Witwe?«

Da trat Paprikel vor und sagte: »Man braucht sich überhaupt keine Gedanken darüber zu machen. Vielleicht ist Watteia Witwe, vielleicht auch nicht …«

»Oh, ich bin zwar nicht gerne Witwe«, sagte Watteia, »das ist etwas so Trauriges« – und sie schluchzte trocken. »Aber wenn ich nicht Witwe bin, bin ich ja noch Ehefrau und kann Wattoneon nicht heiraten …«

»Hättest du mich aussprechen lassen, hättest du nicht zu schluchzen brauchen«, tadelte Paprikel. »Wie ich schon ausführte, ist es unerheblich, ob Watteia Witwe ist oder nicht. Denn mit wem warst du verheiratet?«

»Mit dem goldenen Junker!«

»Aber hast du ihn jemals gesehen?«

»Ich habe in seine Rüstung hineingeguckt, da war er aber nicht!«

»Sehr richtig und man kann doch nicht mit etwas verheiratet sein, was nicht ist!«

Das war nun wieder der echte, scharfsinnige Paprikel mit einer echten, paprikelschen Folgerung. Und er setzte hinzu: »Genau genommen warst du hier mit Don Blech verheiratet, denn was da hängt, war ja früher seine Rüstung!«

»Oh, ich ...«, stotterte Don Blech, aufs Höchste verwirrt von dieser neuen Lage.

Paprikel winkte ab. »Die Ehe ist null und nichtig. Sie ist nie gewesen. Man kann weder mit einer leeren Rüstung verheiratet sein noch mit einem Nichts.«

Glücklich schwebten Watteia und Wattoneon nach oben, etwa fünf Meter hoch, eine hübsche Höhe für ein glückliches Brautpaar.

Wattemutter meinte: »Mich fragt wohl keiner um meine Einwilligung! – Immerhin ist ja der Regen jetzt

wieder nicht mehr besiegt und Wattoneon hat eigentlich kein Anrecht ...«

»Nun –«, sagte Paprikel, »was das betrifft, so haben wir ja schon erklärt, dass Watteia ihr ganzes Leben lang unvermählt bleiben müsste, wenn Ihr auf dieser Bedingung besteht. Der Regen ist nicht nur unbesiegbar, er ist sogar eine Notwendigkeit.«

»Da hört sich doch alles auf!«, rief Wattemutter.

Doch Paprikel bewies ihr, wie wichtig der Regen sei. Zum Schluss sagte er: »Man kann sich nur vor dem Regen zu schützen versuchen. Und das habe ich getan, für euch natürlich, mittels dreier sehr scharfsinniger Erfindungen: Erstens werde ich aus Baumharz eine Lösung machen, mit der ich die Dächer und Wände euerer Zelte einschmiere, sodass sie wasserundurchlässig werden!«

»Bravo, bravo!«, rief Don Blech.

»Aber uns lassen wir nicht einschmieren!«, sagte Wattemutter. Sie wurde genauso wenig gern klebrig wie nass.

»Für euch habe ich einen Regenschirm erfunden!«, sagte Paprikel stolz. Und da jeder dieses sinnreiche Gerät kennt, braucht es hier nicht beschrieben zu werden.

Jetzt war auch Wattemutter zufrieden. »Sehr schön, sehr schön«, sagte sie. »Es wird hübsch sein, wenn wir alle mit Regenschirmen herumwandern ... ach, aber der Boden wird trotzdem ekelhaft weich und durchnässt sein, voller Pfützen ...«

»Nun«, sagte Paprikel, »aller guten Dinge sind drei! Weite Teile euerer hübschen Stadt können wir nämlich mit einem gewaltigen Zeltdach überspannen. Alle euere kleinen Zelthäuser und Oberstübchen – sie werden darunter liegen wie Trapeze, Buden und Raubtiergitter in der Manege eines Zirkusses. Das Licht wird gedämpft durchscheinen – und der Regen wird abgehalten werden. Es wird ein sehr schönes Zeltdach werden, mit mindestens siebzehn Masten, ich habe es schon ausgerechnet. Und siebzehn Spitzen wird es haben, natürlich in verschiedener Höhe, weil auch die Masten verschieden hoch sind. Sanft wird das Zeltdach von Mast zu Mast schwingen, hinauf und hinab, wie ein Gebirge ...«

»Außerordentlich!«, sagte Don Blech und schüttelte dem klugen Erfinder nachdrücklich die Hand.

Da bewies auch der Hadnik Geist und fragte: »In gewisser Weise hat nun doch Paprikel den Regen besiegt – müsste nun nicht er Watteia heiraten?«

»Ach – «, seufzte Watteia. Sie schaute Paprikel flehend an.

Und Paprikel lächelte.»Nein – werdet glücklich miteinander!«

Heimkehr

So wäre diese Geschichte zu Ende? Noch blieben Don Blech und seine Freunde bei den Wattels. Sie halfen die Folgen des Unwetters zu beseitigen, sie halfen den Stoff der Dächer und Wände zu imprägnieren; sie halfen das große Zeltdach aufzuspannen. Dreihundert Wattelmäd-

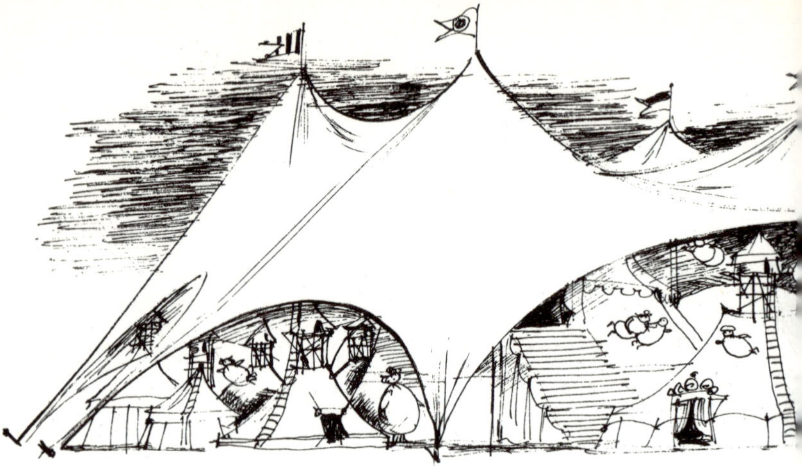

chen webten abwechslend in Tag- und Nachtschichten, bis genug Leinen vorhanden war. Dreihundert Wattelmänner richteten Tag und Nacht die Masten auf und zurrten die Verspannungen fest. Später schwang sich die kühne Konstruktion über die kleine Stadt, ließ sanftes Licht durchscheinen und schützte Zelthäuser samt den Oberstübchen zuverlässig vor dem Regen.

Nun freuten sich die Wattels, wenn es so recht vom Himmel herabschüttete, auf das Dach trommelte und sie trocken darunter saßen und sogar bei Regen glücklich schweben konnten.

Sie scheuten sich auch nicht, mit Paprikels Regenschirm ins Freie zu spazieren, über den Dschungelpfad oder durch die Wiese zu wandern. Die Schirme waren bunt wie Blumen – sie passten zu Wattelland. Und wenn das eine oder andere Haus nicht unter dem großen Zelt-

dach gebaut werden konnte, weichte es nun trotzdem nicht durch, denn es war nach Paprikels Rezept sorgfältig imprägniert, das heißt wasserdicht gemacht worden.

Watteia und Wattoneon feierten Hochzeit – Don Blech führte die Braut und Donito verzauberte alle durch sein Trompetenspiel, das die Wattelwatte so betörend zum Zittern brachte.

Und was tat Don Blech mit dem goldenen Junker?

Er verarbeitete das Blech der Rüstung wieder zu dem, was es einmal gewesen war – zu Eimern, Schalen, Büchsen und Schüsseln, die schenkte er Watteia und Wattoneon zur Hochzeit. Auch Wattemutter bekam eine goldglänzende Bettdose.

Dann aber brachen sie auf und begaben sich auf die Heimfahrt. Zunächst segelten sie nach Gurkonien, wo Paprikel ausstieg.

Er sagte »Auf Wiedersehen!«, und meinte, er überlege sich ernsthaft, ob er wieder Berater des Königs werden oder ob er nicht von nun an nur noch Erfinder und Entdecker sein wolle. »Schließlich ist das Zeitalter der Technik angebrochen«, erklärte er. Darauf segelten sie mit dem Seefalter und mit König Wididniks Drachen zur Didnikinsel. Hier verabschiedeten sie sich vom Hadnik und von Nassi. Beide hatten das Reisen in die Fremde sehr unterhaltend und bildend gefunden. Aber nun wollte Nassi gleich ihre Wohnung tief unten im Loch Nass gründlich aufräumen.

Noch oft würde sie mit dem Hadnik von den überstandenen Abenteuern plaudern. Und dem Hadnik selbst – also dem Wirt des Didnikkruges – würde der Gesprächsstoff in der Gaststube bestimmt nie ausgehen ... wie oft wohl würden seine Zuhörer bei den aufregendsten Stellen sagen: »Oh, halt die Luft an!«

König Wididniks Drache, das Segelboot der Wikinger, wurde abgetakelt. Es kam ins Didnikmuseum.

Don Blech lud seinen Planwagen, der von den Didniks gepflegt und sauber gehalten worden war, mit ihrer Unterstützung auf den Seefalter. Und dann ging es endlich der Heimat zu.

Der Stier Schmuser lag im Boot, Tura hockte auf der Mastspitze, Donito saß meist im Mastkorb und trompetete frohe Lieder.

Durch Scheppertonnes Anwesenheit war es etwas enger im Boot als bei der Herfahrt. Aber sie war bescheiden, benötigte kein Futter, brauchte wenig Platz und verhielt sich ruhig.

Seefalter

Noch einmal sah Don Blech den Papilio, den Kometenschweif, den wunderbaren Schmetterling. Er flatterte über die Bank, auf der Don Blech ruhte, setzte sich kurz neben ihm nieder, ließ sich betrachten und verschwand bald darauf wieder – genauso flüchtig, genauso geheimnisvoll, so federleicht und verzaubert, wie er manchmal gekommen und davongeflogen war.

Lange danach, als Don Blech schon wieder in der Heimatstadt war, in Burugel, im Lande Nekaragien, versuchte er aus der Erinnerung den Falter in sein Heft zu zeichnen, das auf der Titelseite die Aufschrift trug:

Die schönsten Falter der Erde

Nun war Don Blech so weit gereist und die Schmetterlingsbilder waren noch immer nicht zahlreicher. Es war übrigens wieder eine dunkle, laue Nacht, so wie damals, als die Abenteuer begannen. Durch das geöffnete Fenster schallte der Lärm der Gassen aus der geschäftigen Stadt herein und in der Ferne sah man die schattenhaften Umrisse des Schlosses Firifalo, wo König Panja residierte. Don Blech fand, er müsse ihm bald einmal einen Besuch abstatten.

Sie hatten reichlich zu Abend gespeist. Der treue Knofus Knofonius hatte eine seiner köstlichsten Suppen gekocht.

Er war froh, nun nicht mehr allein zu sein. Der Stier Schmuser stand im Stall, Tura saß wie immer im Gebälk, Donito lag in seinem Bett – mit einem weißen Nachthemd bekleidet – und sah so nett aus wie immer mit den blonden Haaren, die ihm bis auf die Schultern reichten und einem goldenen Helm glichen.

Es war also alles wie früher, war vielleicht gar nichts geschehen?

Don Blech strich sich über die Augen. Er trat hinaus auf die Terrasse des weißen Hauses. Unten im Garten knarrte und knirschte es leise, wie ein Pferd aus Blech klappern mag, das einen Fuß vor den anderen setzt.

Ein Pferd ohne Reiter.

Jedenfalls – der Holunder duftete.

Und aus der Höhle der Hexe Zukuruku stieg zauberischer Dampf.